Dinner with Edward

与爱德华共进晚餐

[美] 伊莎贝尔 · 文森特 著
苏西 译

中信出版集团 · 北京

图书在版编目（CIP）数据

与爱德华共进晚餐 /（美）伊莎贝尔·文森特著；苏西译 . -- 北京：中信出版社，2018.9

书名原文：Dinner with Edward:A Story of an Unexpected Friendship

ISBN 978-7-5086-9113-8

Ⅰ . ①与… Ⅱ . ①伊… ②苏… Ⅲ . ①长篇小说－美国－现代 Ⅳ . ① I712.45

中国版本图书馆 CIP 数据核字（2018）第 136943 号

Dinner with Edward: A Story of an Unexpected Friendship by Isabel Vincent
Copyright: © 2016 by Isabel Vincent
This edition arranged with Algonquin through Big Apple Agency, Inc., Labuan,Malaysia.
Simplified Chinese edition copyright © 2018 CITIC Press Corporation
All rights reserved.
本书仅限中国大陆地区发行销售

与爱德华共进晚餐

著　　者：［美］伊莎贝尔·文森特
译　　者：苏　西
出版发行：中信出版集团股份有限公司
（北京市朝阳区惠新东街甲 4 号富盛大厦 2 座　邮编　100029）
承 印 者：中国电影出版社印刷厂

开　　本：130mm × 185mm　1/32　　印　　张：7.5　　字　　数：200 千字
版　　次：2018 年 9 月第 1 版　　印　　次：2018 年 9 月第 1 次印刷
京图字号：01-2017-4018　　广告经营许可证：京朝工商广字第 8087 号
书　　号：ISBN 978-7-5086-9113-8
定　　价：45.00 元

版权所有 · 侵权必究
如有印刷、装订问题，本公司负责调换。

服务热线：400-600-8099
投稿邮箱：author@citicpub.com

献给 汉娜

那是我们吃过的最美好的一顿饭……

我们对它的记忆是如此清晰，简直到了奇异的程度，

这必定意味着，除了吃本身，还有其他非常重要的理由吧。

我想，每个人一生中都至少会遇到一次这样的事。

我希望如此。

——M. F. K. 费雪，《恋味者》

平安夜的晚餐

在见到爱德华那天的很久之前，我就听说了他对临终妻子许下的承诺。

爱德华的女儿瓦莱丽是我相交多年的老友，她妈妈过世后没多久，我去看望她，她跟我说起这件事。就快要过九十五岁生日的宝拉卧床不起已经有段时间了，而且意识也时而清醒，时而迷糊，有天她专门从床上坐起，郑重地对挚爱的老伴说：

“听我说啊，艾迪。”宝拉带着坚决的神情，一字一句地说，“现在你不能跟我走。不然咱们的小家就没了。”

宝拉知道爱德华心意已决——他宁愿死，也不愿面对没有她的生活。那可不行啊，她说。她鼓励他活下去，当他终于答应后，面对这个与自己结婚六十九年的男人，她轻轻哼起了歌儿。先是《我可爱的情人》（*My Funny Valentine*），接下去是几支百老汇的曲子，都是二十世纪四五十年代位列榜首的金曲，那时候两人正值青春年少，依然相信他们能在娱乐圈里打出一片天下。虽然歌词业已忘了大半，但宝拉的嗓音清澈明亮，可就在几天前，她还因胸腔里的充血而无法说话。她最后唱出的曲子是《你的一切》（*All of You*），但歌词已面目全非："我爱你的上，你的下，你的左和右，可最美妙的是啊，我爱你的一切。"

二十四小时后，她走了。那是2009年十月。在她过世后的数天、数星期里，努力克服着哀恸的爱德华发现，对宝拉的承诺实在太难遵守了，几乎不可能做到。他孑然坐在静默无声的公寓里，坐在餐桌前，而那张桌子曾见证过多少次充满欢声笑语的晚餐啊。最终，爱德华进了莱诺克斯山医院，医生们给他做了一连串检查，却找不出任何毛病，所以打算让他第二天出院回家。

"我怕他撑不下去了。"在医院的等候室里，瓦莱丽在我身边坐下。那天正值平安夜，我们本打算一起吃晚餐。瓦莱丽建议去医院街角的那家餐馆，她曾经在那儿跟父亲吃过饭。

在第三大道上这个无甚特色的小餐馆里坐下，拨弄着盘中苍白黯淡的鲷鱼，我俩都哭了。若宝拉还在世，第二天本该是她的生日。瓦莱丽还没有从丧母之痛中恢复过来，如今却又多了一重深深的担忧，她怕父亲已经失去了活下去的力气。

当瓦莱丽说起宝拉哼歌的那一幕时，我不知道自己为何会崩溃掉。此前我从没见过爱德华，而且，尽管那心酸的一幕令人唏嘘，我却无法自抑地有种刺心的感觉——我想到了自己不快乐的生活。当时我刚搬到纽约，在一家报社做记者，圣诞节时还有工作任务在身。虽然我用尽力气，装作什么问题也没有，可我的婚姻就快分崩离析了。而且，关于这事对年幼女儿的影响，我的忧虑绝不止一点点。当我含糊地说到自己面临的困境时——瓦莱丽的父亲生病了，我可不想拿自己的事儿再给她添乱——她建议我去跟爱德华吃晚餐。

“他做饭的手艺好极了。”瓦莱丽泪眼蒙眬地说，或许她希望这句话能引起我的兴趣，也能让我在她返回加拿大的家中之后，自愿去照看一下爱德华。她的姐姐劳拉是个艺术家，跟先生一起在希腊生活。

我不知道自己为何会应承下来，是因为美食的诱惑吗？还是因为我实在太孤独，以至于感到陪伴一个抑郁的九十岁老人都成了挺有意思的事儿？大概一方面是出于对瓦莱丽的友爱，一方面也是对她父亲感到好奇，几个月之后，我站在了爱德华的家门口。不管是出自什么原因吧，但我绝没想到的是，与爱德华的会面即将改变我的人生。

第一次赴晚餐之约的那天，我穿了一条黑色的亚麻直身连衣裙和凉鞋。我轻轻敲了敲门，然后按下门铃。过了一小会儿，一位个子高高的老绅士突然打开了门，他拉起我的手，吻了我的双颊，眼睛里漾着笑意。

“亲爱的！”他说，“我一直在等你呢。”

1

烤西冷牛排佐勃艮第红酒汁

当季新土豆

巧克力舒芙蕾

马尔贝克葡萄酒[1]

1　在每章标题的菜单中，最后一项都是酒名，英文请参见页面下方的脚注。此处的马尔贝克即 Malbec，阿根廷的经典葡萄品种。（本书中的注释若无特别说明，均为译者注。）

最初，去爱德华家里的时候，我总是要带一瓶葡萄酒。

“什么也不用带，孩子。”他说。但我总是不听，两手空空地来吃晚餐多不好意思啊。

也不用敲门或按门铃，爱德华告诉我。我来的时候他会知道的，因为当我走到楼门口的时候，门房会给他打电话。再说了，他总是留着大门不锁。我们见面刚几次之后，他还坚持给我一把钥匙，免得万一哪天我路过想上来看看，却遇上他锁了门在沙发上睡午觉。他把钥匙递给我，上头拴着一个紫色的塑料钥匙扣，里头塞着的白色纸条上用黑笔重重地写着“爱德华”三个字，还有他的电话号码。我俩都很清楚，我决不会真拿这把钥匙开门进来，但我还是大大方方地收下了——这是友谊的象征，也能每天提醒我，如今爱德华是我生活的一部分了。

每当我带了酒来，爱德华就会把我的名字写在酒标上，然后塞到门厅的衣柜里，那儿是他挂冬衣的地方，也是他的临时酒窖。我进门时，他早已根据当晚的菜式精心选出了合宜的酒，我带来的那瓶会先放起来，留待日后做恰当搭配。

刚去爱德华家吃晚饭的那阵子，有次我犯了个错误：我给爱德华带了一些用腌鳕鱼做的炸丸子，那是我照着我母亲的食谱做的。我真不该指望他会把它当成当晚的加菜。我事先没跟他打招呼，就那么突兀地把这份吃食递到了他眼前。在我俩的友谊刚开始的那段时间，我从没料到爱德华在每顿晚餐上花了多少心思和精力。刚把那一包用锡纸裹得鼓鼓囊囊的炸丸子递给他，我就发觉自己失礼了，我看出爱德华愣了一下子。但他欣然收下了这份礼物，还请我过两天再过来吃晚饭，这样就可以一起享用这个菜了。

爱德华绝非那种讨人嫌的势利美食家。他只是喜欢恰当得体地做事情。对自己亲手做出来的每样东西，他都十分珍爱——无论是客厅里的家具，还是写出来的东西。那些家具都是他亲手制作的，且加上了软垫；他的诗和短篇小说全部亲手誊写，一遍遍地抄写到没有格子的白纸上，直到自己满意为止，然后才交给女儿们帮忙打印出来。对待做菜他也是这样，虽然他下厨时已是晚年，那时他已经七十多岁了。“宝拉做了五十二年的饭，有一天我对她说，你做的已经够多了，现在换我来吧。”他说。

年纪很小的时候，爱德华就学会了欣赏精致美食。十四岁那年他留级了，于是父母把他从纳什维尔的家送到新奥尔良富裕的姨母家里。姨母埃莉诺是个教师，下定决心要好好教导这孩子，把他拉回正轨。但与此同时她也下定决心，要教他学会品尝法兰西的佳肴美馔。

“我见识到了一个新世界，之前我从不知道还有这样的东西，”他回忆起1934年在传奇餐厅“安托万”

吃饭时的情景，“我永远也不会忘记第一次吃到软壳蟹的感觉。螃蟹身上沾了薄薄的面衣，然后用油炸，配上热乎乎的融化黄油一起吃。真鲜啊。”

等到他开始下厨的时候，他从安托万餐厅的法式与克里奥尔[1]风格兼备的菜式中借鉴来不少灵感，但他说他也喜欢最简单的东西。他依然记得自己还是小男孩时吃水煮卷心菜的情形，“放一团黄油在上头，一下子就变得好吃了，就像天堂一样！”他还会从各种地方寻找做菜的灵感。他说，他做炒蛋的窍门就是跟圣约翰学的。

圣约翰？

此人是美国铁路公司的厨子。“前半辈子，人们一直管他叫‘小子’。”爱德华说。他与宝拉有次坐了趟十小时的火车，因此认识了圣约翰。“他加入浸信会教堂后，一个名叫艾玛小姐的厨子处处关照他，于是他就给自己起了个名字叫施洗者圣约翰。”

1　美国南部法国移民的后裔。

圣约翰做鸡蛋很有一手。当爱德华向他请教炒鸡蛋的秘诀时，圣约翰说，他从不会一下子把蛋液全倒进锅，而是要分成几步。爱德华把这一招教给了宝拉，如今又坚持演示给我看。他拿出农场运来的鲜鸡蛋，磕到碗里后，那蛋黄闪着橙色的光；加一点儿牛奶或鲜奶油，撒一点盐和胡椒，把蛋液打匀。然后，他把煎锅坐到火上烧热，放入淡味黄油，等到黄油融化开来、边际刚变成棕色的时候，就把蛋液倒入——只倒一半儿。

“绝对不要一下全倒进去，”爱德华重复一遍，“炒蛋要分两步做。”

等到锅里的蛋液开始嘶嘶作响，鼓起泡儿来的时候，爱德华用勺子轻轻把它搅散，把火关小，然后才把剩下一半蛋液倒进锅里，拨炒着淡黄色的嫩滑蛋汁，直到它变得轻盈、蓬松，充分裹上黄油。

童年时在美国南部的清苦生活让爱德华学会了节俭。他会把新鲜香草装进密封袋，放进冷冻室里保存；也会去皇后区的肉店买回大块的猪油，切成小块，用油纸仔细包好放进冰箱。爱德华喜欢去奇塔雷拉和美食车库这样的精品食材店买东西，但他也爱逛家旁边的超市。他的厨房里没有一件花哨的厨具，我看见的那寥寥几册食谱书都是好心朋友的赠礼，他几乎从来没翻过。

“只不过是做饭而已啊，亲爱的。”当我问起他为何不用食谱书时，他这样说，“我从来不按菜谱做菜，我就是懒得看。在我看来，那不叫做菜，而是被一张纸给束缚住了。”他的煮锅和煎锅都用旧了，却擦得一尘不染，亮晶晶地挂在厨房那块贴了锡纸的刨花洞洞板上。

他的灵活圆融让我大为赞叹，但与此同时我也知道，他自有口味刁钻之处。在调马提尼或腌渍三文鱼的时候，他只肯用亨利爵士金酒，因为他坚持认为，这款酒里的黄瓜精华能把腌三文鱼的最佳风味衬托出来。调制马提尼的时候，他把亨利爵士金酒跟干味美思倒进一个百丽牌的玻璃量杯中，然后连杯带酒一起放进冰箱的冷冻室，直到客人来了才拿出来。爱德华做马提尼既不摇也不搅——他只是把金酒和干味美思倒进量杯，然后冰镇。他还会为每杯马提尼加上一小片黄瓜做装饰，而这些黄瓜片也要预先冰到清凉爽脆为止。

爱德华的大女儿劳拉从希腊返回纽约时，总会带些当地的特产食材。每当她大力称赞用橄榄油做饼皮的好处时，爱德华就头痛不已。劳拉怀疑，那些她做给他的金黄色的橄榄油蜜桃派都被他送了人。“在做菜和烘焙方面，他对某些东西固执得很。”劳拉说。

但今晚爱德华在条纹铸铁锅中煎出来的牛排是从杂货店里买来的。它们在巴萨米克醋中腌泡过，被他煎烤到完美的熟度，然后放进在烤箱中预热过的正餐盘中。闪着油花的肉汁流过白色的大瓷盘，汇集到摆在一旁的小土豆底下。这些当季的新土豆带皮在水中煮熟，顶部加了一块拌入欧芹碎的黄油。把盘子端到桌上之前，爱德华把丝绒般的褐色酱汁浇到肉排上。

牛排软嫩得堪称完美，吃起来就像是从曼哈顿最好的肉店里买来的，而不是从格瑞斯泰德连锁小超市。香浓的酱汁饱含着黄油香。我问他这酱汁是怎么做的，结果引发出他的一番长篇大论，他中间还跑到厨房两次，把预先做好的半釉酱汁拿给我看，那是他绝大多数酱汁的基底。

“做半釉酱汁要花很长时间。”爱德华一边说，一边从冰箱里拿出一个盛着棕色汤汁的塑料小罐。做这种汤汁的时候，要把烤过的牛骨头和蔬菜加水用小火炖煮，直到浓缩到原来的四分之一不到，并且变得浓稠、光亮。像许多法国厨师一样，爱德华把这种半釉酱汁用作各种酱汁的基底，甚至在做浓汤时也会用到。

“这事急不得，”他接下去说，他指的是炖煮酱汁所需的漫长时间，“它没法一下子就煮好。就是得熬啊，熬啊，一连好几天，才会变得越来越浓稠。”

我点点头，然后悄声对他说，每样东西都那么好吃。这不是因为我想奉承他，而是因为我发自内心地感到佩服。在爱德华看来，做菜可不只是为了抚慰辘辘饥肠而已。做菜是他由衷的热爱，有时还是一种严肃的艺术形式，他只愿跟被选中的少数人分享。对于那些他认为并不真心爱烹饪的人，他是不肯传授窍门或写出菜谱的。趁着倒马尔贝克红酒的工夫，他给我讲了另一位晚餐客人的故事，这位客人对他做的鸡排赞不绝口。

喔，爱德华，你可一定要把食谱给我呀！

但爱德华告诉我，他才不会把这道鸡排的秘密告诉她哩。“真正的烹饪要用心，”他郑重地说，“我看得出来，她不用心。”

从爱德华这儿，我学到了许多做菜的知识。他教我用一个纸袋和一把香草做出世上最美味的烤鸡，告诉我如何烤出完美的甜品（“要用黄油来和面，再放一点点猪油，亲爱的”），在意大利面上洒少许巴萨米克醋，就能让酱汁沾在面条上。但从一开始我就凭直觉知道，这些做菜诀窍中蕴含的深意远远超越了厨房和餐桌。他是在教我领略耐心的艺术，享受慢下来的奢侈，他让我别着急，把做的每件事都彻底想清楚。

当我向他请教如何把整鸡去骨、做成肉冻卷的时候，我明白，爱德华最终传授给我的远不只是处理家禽而已。事后想来，我意识到，他是在逼着我去解构我自己的生活，要透彻至骨，深及肺腑，无论眼前的一切有多么凌乱不堪。

爱德华住在罗斯福岛上一幢气派的合作式公寓里，楼里有阔朗的阳台，浇筑混凝土的走廊，下沉式的泳池，大大的观景玻璃窗俯瞰着东河。

最近，在我丈夫的坚持下，我也搬到了罗斯福岛。这是我俩为了挽救婚姻而做出的最后努力。但和爱德华不一样的是，我并不想住在这里。一年前，我和丈夫带着年幼的女儿从多伦多搬到曼哈顿，这样我就可以接下《纽约邮报》调查记者的职位。我们住在上东区，离汉娜的学校只隔一两个街区，但没有一天我丈夫不抱怨的：房子太小、地铁里人太多、家旁边的游乐场垃圾遍地，再加上总是要挪来挪去地到街边停车——由于市政规定，我们每周都得折腾一次，这种受折磨的滋味只有纽约城的车主才能了解。

在纽约养一辆车简直是噩梦。如果你像许多纽约市民一样，负担不起每月四百美元（或更贵）的车库费用，从而把车子停在街边，那你就得每周把车子挪开两次，方便清洁工清扫街道。由于停车位如此难找，绝大多数车主都会先把车开到街对面，并列停在别人的车子旁边，然后在车里坐上一个半小时，等待清洁工干完活儿，再迅速把车子停回原位。

在我看来，挪车确实挺不方便，但不算什么大问题，只是城市生活中一个必须要面对的、别具特色的小麻烦而已。确实，不得不坐在车里耗上一个半小时、等待清扫车过去的人不是我，但我一样要面对其他的烦心事啊，比如拎着一袋袋沉重的生活用品坐地铁，曼哈顿样样东西都贵得离谱，赶着去往采访地点或去学校接汉娜的时候，由于拥堵的交通而走错了路。我觉得这些都是小问题，我身边每个人都要忍受——纽约居，大不易，在这种共同的挫折感面前，我们每个人都是难兄难弟。

实际上，在职业生涯的绝大部分时间里，我都在发展中国家做记者，所以我喜爱纽约的混乱。这座城市也有“第三世界”的一面：乱成一团的交通、满到溢出来的垃圾箱、腐败的政客、在阴暗街道和地铁轨道上窜过的老鼠。在闷热的夏天，我会把公寓的窗户一直敞着，欢迎外头喧闹的车声和施工的声音飘进屋里。

“你真神经。”梅丽莎说。她是我在《纽约邮报》的同事，我的新朋友。身为一个土生土长的纽约客，她向来渴望宁静。

不过，初来乍到的那几个月，我确实有点力不从心。有天我在高峰时段等地铁六号线，当时我人在中城，正急着去上城接汉娜。地铁站台里的人挤得里三层外三层，驶来的列车也塞得满满当当。我转向身旁一位衣着考究、看起来挺柔弱的老妇人。

“唉，我看这趟车咱们是上不去了。”我张望着人群。

她看了我一眼，有几分怜悯，也有几分轻蔑。“你从哪儿来？”她问。

“加拿大。”我弱弱地说。

“那你肯定挤不上这趟车。”她微笑着说。

然后我看着这位娴雅的女士抓紧黄油色的皮手袋，温柔但坚决地挤进满是人的车厢。没有推搡，没有硬挤，她优雅得体地把自己塞进了地铁，人刚一进去，车门就猛然关上了。

我等到下一趟车来。车厢里依然拥挤，但在车门迸开的那一瞬，我变成了纽约人。没有大惊小怪，没有“借过”或“真不好意思”，我融入人群，挤上了车。

可我丈夫拒绝适应，在他看来，这儿是地球上最糟糕的地方。没有一周我不用听他强调居住时限的。“再住一年，不能再多了。”他这样说。但危及我俩婚姻的不只是搬到纽约这一件事而已。许久以来，我俩一直背负着情绪的包袱，不停地从一片大陆迁往另一片。我们总是在搬家，打包，拆包，把家具在不同的房子里挪来挪去，填写长长的政府表格，盼着签证发放下来，好让我俩去往科索沃和巴西等各色各样的地方。天天忙于这些事情，我们就不必去面对岌岌可危的感情关系。每当暗涌浮至表面，每当紧张加剧，我们就渴盼新的签证。因此，没能在上东区那个逼仄的小公寓里安居的时候，我们决定换到纽约城的另一个区域试试看，我们两人还依然确信，换个住处，就能挽救摇摇欲坠的婚姻。

罗斯福岛上的车库虽然十分破烂，屋顶漏水，电梯也几乎没法用，但价格负担得起。这个将近两英里[1]长的岛屿像是一个能远离曼哈顿喧嚣的怡人之地，而且坐缆车和地铁就能方便地到达中城。春天，面对曼哈顿东区的人行步道上满是推着婴儿车的父母、慢跑的人，还有手牵手的情侣。到了夏夜，居民们都聚集到岛屿北端的烧烤炉旁，炙烤牛肉的气味在空中经久不散。这里有开在河畔的咖啡店，从店里望过去，对面联合国大楼的景色一览无余；皇后区大桥下，嘎嘎响的拖船慢悠悠地往复来回。

就是这样，距离平安夜和瓦莱丽在上东区的那顿

1 一英里≈一点六公里。——编者注。

晚餐几个月后，我发现自己住到了离爱德华只有几个街区的地方。我们的晚餐之约渐渐地变成了每周一次。我知道，他和我一样都期待着它。他会一连花好几个小时为我写菜谱，还对我的生活提出颇为直率的建议。他依然还在悼念挚爱的宝拉，而我渐渐开始看清自己在婚姻中过得多么不愉快。

但是，无论爱德华家门外的那个世界里发生了什么，我们的晚餐都是充满魔力的休憩时刻。我们一起喝鸡尾酒和葡萄酒，享用爱德华在当天兴之所至做出的美味佳肴。艾拉·菲茨杰拉德[1]、比莉·哈乐黛[2]和乌特·兰帕[3]在背景音乐中吟唱，但有些时候，我们的餐桌旁只有怡人的宁静，和十四楼窗外呼啸的风声。

1　艾拉·菲茨杰拉德（1917—1996），美国著名女歌手，被誉为爵士女王。

2　比莉·哈乐黛（1915—1959），是美国爵士乐坛的天后级巨星。

3　乌特·兰帕，德国天后级爵士巨星，跨界歌手，曾因主演音乐剧《芝加哥》而荣获劳伦斯·奥利弗最佳女主角大奖。

2

味美思煨比目鱼，佐鱼高汤浓汁

萨拉土豆

菠菜苗

牛油果沙拉，自制蓝芝士沙拉酱

杏子舒芙蕾

马提尼，武弗雷白葡萄酒[1]

1 Vouvray，法国卢瓦尔河谷都兰地区最著名的一个子产区，出产各种不同风格的白葡萄酒，比如甜白、干白、起泡白葡萄酒等。

我到爱德华家楼下时，太阳刚好落山。我是从自己家里走过来的，一路沿着东河畔的行人步道，穿过几个街区就是。我朝着皇后区大桥的方向，避过小贩的手推车，让过沿着河边疾驰而过的自行车手。正逢春季时分，步道旁栽种的一溜儿樱树绽放出粉色与白色的花朵，若是有谁住在河对面的曼哈顿，隔岸望过来，罗斯福岛上的这幅景致必定像明信片一样动人。

由于门房已经向爱德华通报了消息，趁着我坐电梯上到十四楼的工夫，他已经给我做好了一杯马提尼。酒杯冰凉，酒液上也完美地漂着薄薄 层冰膜。杯子放在厨房的富美家台面上，一旁的塑料盒里装的是鹅油，爱德华待会儿要用它把煮到半熟的土豆片煎香。此前他已经给我露过这一手了：把有点蔫的小个土豆削掉外皮，能切多薄就切多薄，然后把它们变成 pommes de terres Sarladaises，也就是“萨拉土豆”，这道菜的名字来自法国多尔多涅地区一个名叫“萨拉”的中世纪城镇。这个地方因鹅油而声名远扬。有时候，把土豆片煎到外表焦脆、内里却如丝缎般软滑的完美状态后，他会立即拌入新鲜的欧芹和大蒜碎。

爱德华已经把两个餐盘预热好了，分别摆上一小堆菠菜苗。他正在用味美思酒煨煮比目鱼。待到鱼肉做好，他会把它们舀到菠菜苗上，随即浇上用鱼高汤做的浓汁——把鱼骨煎炒后加入白葡萄酒、胡萝卜、洋葱和黄油。在浓汁的灼烫之下，菠菜嫩苗刚好达到断生的状态。

跟往常一样，他拒绝了我帮厨的请求。“坐到那边去！”他指着客厅，命令道。我坐在安乐椅里，啜饮着马提尼，窗外暮色四合，对岸曼哈顿的楼宇里有灯光在闪烁。艾拉·菲茨杰拉德在背景音乐中轻声吟唱：“有一个人儿呵，我渴盼见到他；愿他就是那一个呵，愿意守护我的人……”

显然，在爱德华家里，守护着我们的是个女人。宝拉虽然已经逝去几个月了，可她音容犹在。爱德华把她最后的照片冲洗了好多张，贴在客厅和餐厅的墙上。拍摄这张照片时她已有九十多岁，面容上已经布满皱纹，可我很难把她跟“年事已高”联系起来。她涂着大红唇膏，耳饰垂摇，衬得她光彩照人；她自信地微微抬起下巴，有种傲然的姿态。爱德华把这些照片贴在不同的高度和位置，当他做菜时就可以对她说话，煮晚餐或坐在沙发上看书时，一抬眼就能看到她。

宝拉过世之后，爱德华开始给她写信，告诉她当天他做了什么菜，偶然遇见了哪个朋友。我们认识没多久，他给宝拉的信中就谈到了我。“宝拉一定会喜欢你的，因为你很有个性。”

虽然那时候我对爱德华和宝拉都还了解甚少，但这话让我既感到荣幸，又心生确信　　确信爱德华和我一定会成为朋友。如今，我人生中那些难缠的琐屑——比如为《纽约邮报》工作时的城中历险、摇摇欲坠的婚姻、抚养女儿时的烦恼——占满了爱德华的心思，也填满了他给宝拉的信纸。很快，他就一心想着帮我度过这段中年危机，帮我解决问题的劲头驱散了压在他心头的乌云。自宝拉逝去之后，那片暗影一直盘踞在那里。

这倒不是说在初识的那段日子里我向他倾诉了许多心事，但我确实抱怨了在新工作里受的委屈。在这个世上竞争最激烈的媒体中心，我的新东家是一份通俗小报。

“在我们编辑部，编辑会大声训斥记者！”我告诉爱德华。同时我也没忘提醒他，我已在一份加拿大报纸工作多年了。比起《纽约邮报》咄咄逼人的氛围，那份加拿大报纸可要绅士得多。刚进《纽约邮报》的时候，编辑给我发来的电子邮件标题是“这他妈啥破玩意儿？”

就在同一周，我的上司，一个身材矮壮、语气强横的波多黎各与爱尔兰混血的新闻编辑，把我写的一篇报道删得一字不剩。那篇文章写的是音乐人斯汀主办的一场环保慈善活动，他坚持要我立即重写。我敢肯定，绝大多数老记者对此都会深感受到冒犯，但我还是泰然接受了——即便我从事新闻工作已经超过二十年，而且绝大多数时间担任的都是驻外记者。

然而，到了纽约之后，我总是凭直觉写报道。我认识的一个澳大利亚实习生形容得最妙：“猛得跟打了类固醇似的。”但这位编辑大人的举动还是把我惊到了：读完这篇写斯汀的报道后，他猛灌了一大口咖啡——里头兑了太多稀奶油，那液体已经变成了难以置信的米黄色——然后按下了删除键。

“报道要这样写，”他咆哮道，一根短粗的手指戳向已然空无一字的电脑屏幕，“观点！支持它的论据！观点！支持它的论据……”

在这个诸事不顺的编辑部里，我快要散架的电脑总是在截稿几分钟前死机，打印机一天能罢工好几回，但即便如此，我还是交到了好朋友。我上班第一周时坐在我工位隔壁的那个女郎成了我最好的朋友。正如我告诉爱德华的，梅丽莎跟我就像截然相反的两极。她精心做过的发型无可挑剔，刘海一丝不乱，她的衣着优雅得体，指尖完美地涂着甲油。而我总是衣冠不整，经常因为送汉娜上学而上班迟到，我的指甲边缘毛毛糙糙，头发总是被风吹得乱糟糟的。有次她送了我一把梳子当礼物。

每当在城里迷了路，我就给梅丽莎打电话，而这种事经常发生。一个朋友说她是我的御用 GPS。她甚至知道在地铁站台站哪儿离车门最近——她手机上装了一个有这种功能的应用程序。当我一个人出采访任务的时候，她会确保我随身携带一张纸质地图，因为我不会用手机看东南西北。

我俩很快就成了朋友，在这个被她称作“文章车间”、被我更为毒舌地叫作“市井小报的古拉格集中营”的地方，我们的情谊迅速地建立起来。每逢我们的文章被附上一份长长的问题清单后打回来，我就感慨，“这就像是在古拉格集中营里开山砸石头”，离截稿只有几分钟了，可这些问题还必须答完交上去，而且我们都心知肚明，这些答案是绝对不会出现在报纸上的。编辑派我们出采访任务时，眼皮都不抬一下：让我们凌晨四点去参加曼哈顿下城某个清真寺的星期五祈祷，要么就到新泽西州的郊区去监视某个参议员的疑似情妇，炎炎夏日，在闷热的车子里一坐就是几小时。

“什么毛病啊你？”编辑在电话里向我大吼。这是因为监视途中我离开了半小时，去买水和上厕所，结果把参议员的情妇跟丢了。我不在的那阵子，她钻进车子离开了家。我的监视对象不知所踪了。

“监视的时候不许上厕所！”我的编辑尖叫着，听起来每个字都是大写黑体，“监视前能上，监视完能上，但监视期间绝对不许！”

我把邮报编辑部的这些趣闻逸事讲给爱德华听，逗他开心，着力渲染我遇到的各色人等与幽默好笑的事。可是，尽管我的故事总能让他大笑，可也会令他沉默。爱德华认为我工作得太卖力了，他觉得我需要向自己提几个严肃的问题，好好想想我真心想要的是什么。

“知道吗？”听我讲完一件工作上的事儿之后，爱德华说，“我从没见你真正大笑过，就是那种响亮的仰头大笑，说明你真的很开心。”爱德华把清亮的武弗雷白葡萄酒斟满我的杯子，我俩都吃起牛油果沙拉来，用切得薄薄的法棍面包蘸气味冲鼻的浓郁酱汁，这是爱德华用蓝纹芝士做成的。

几天后，一封信出现在我的信箱里。奶油色的信纸上是爱德华熟悉的笔迹。信里附有一份食谱的复印件，正是这份食谱给了他灵感，让他做出了那天晚上令我赞不绝口的杏子舒芙蕾。那食谱是二十世纪九十年代早期他在《纽约时报》上剪下来的，当时他刚开始给宝拉和亲朋好友们做饭。虽然他不喜欢参考食谱，但经过这么些年，显然他还是攒了一些喜欢的配方。这道舒芙蕾的做法相当费事，要把杏脯煮过再打成果泥，接着再放进冰箱里冰镇好几个小时，才能拌入到打发的蛋白霜里。

爱德华用小烤碗把舒芙蕾做成单人份，上主菜时才送进烤箱，刚一烤好就立即端上桌。蓬松高胀的舒芙蕾表面漾起浅浅的金棕，那模样犹如童话中梦幻教堂的奇异穹顶，上面还撒着糖霜，顶着一朵刚刚打发的鲜奶油。爱德华这道轻盈松软的甜品有种魔力。第一次吃它的时候——以及此后他做给我吃的每一次——每舀起一勺我都深深陶醉在其中，鲜奶油、蛋白霜和杏子的味道旋转、交汇，最后轻轻融化在口中。

刚认识爱德华的那会儿，虽然我们的晚餐氛围并不阴郁，但爱德华很可能已经察觉到了我的婚姻并不幸福。在附有舒芙蕾食谱的那封信中，他得体地提醒我，不要过没有浪漫爱情的人生。这些劝告他不吐不快。“我感到担忧，”他写道，“因为我已经尝试着提醒过你，你不仅仅是有魅力而已，你是个非常值得爱的人啊。对女人来说，和职业生涯同等重要的是，她们绝不能忘记自己是谁，也不能忘记自己的角色。”

爱德华长大成人时，正逢五十年代，那时女性一个很好的职业选择就是做家庭主妇。毕竟，宝拉就放弃了当演员的梦想，留在家里抚养两个女儿。为了养家，爱德华做过许多种工作。但他们不是那种住在郊区的庸常夫妻。空余时间里，他们写剧本，宝拉甚至成功地出版了一本青少年小说。爱德华给我的劝告显然出自他自己的人生阅历，虽然偶尔带点性别偏见，但奇怪的是，要不是其他女性朋友指出来，我还真没注意到。我看待爱德华的眼光充满善意，从没想过质疑他的智慧。在某种程度上，我觉得他是对的——我工作得太卖力了，以至于忽略了许多关于自我的事情。听他谈起宝拉，我才开始意识到，我自己的婚姻有多么糟糕，这样的关系注定是要失败的。

“我是个男人，我爱女人，原因很明显，但也有许多说不清楚的缘由，”我们认识没多久，爱德华有次在给我的信中这样写道，“她们的温柔、魅力、性感、娇媚、美丽、体贴，等等等等，这清单长得写不完。但我这一辈子，只爱这一个女人。”

说爱德华“爱”他太太，都难免太轻描淡写。“如果没有她，我不会活这么久的。”他一遍遍地对我说。

一次又一次，他谈起1990年的夏夜，在纽约初次见到的那个女孩。

爱德华家客厅的架子上摆着一摞厚厚的剪贴簿和相册。他好像把跟太太写的每一封信、每张剧院节目单、餐馆名片，还有每一张亲手制作的感恩节菜单都保留下来了，那些菜单上还装饰着压平的秋叶。第一本里的照片是他认识宝拉的那一年拍的，最开头的全是未经修饰的黑白照片，是在加州的海滩上两人互拍的（“我俩经常拍这种有趣的照片，从来不拍那种一本正经的。”他对我说）。照片中的两人都身材修长，正当青春年少。照片旁边贴着说明卡，都剪成了适合相簿的大小，上头的字迹出自爱德华那双大手。

然后，是一页又一页贴了塑料膜的生日卡和情人节贺卡。宝拉的八十五岁生日时，爱德华这样写道：“我竟能得到你，真是不可思议。所以，在这一天，不要叫醒我——就让我继续沉浸在幻梦中吧，让我继续认为自己是如此特别，所以才配得上你！”在大约同一时期的一张卡片中，宝拉这样写给丈夫：“给最亲的艾迪：我们曾梦想着一起登上山巅，如今我们已经到达。我会永远爱你！”

今晚，翻看着爱德华和宝拉的这些卡片和信件，我无意中提起，我从没给别人送过情人节贺卡（当然，是小学毕业之后）。悲哀的是，我从没想过要送一张给丈夫，即便是我们刚在一起、我还生活在幸福的幻象中时，我也没有想过。自从搬到纽约以来，我们更是渐行渐远，那裂痕愈发无从弥补了。

爱德华陷入了沉默，仿佛听到了难以置信的东西。他隔着餐桌探过身来，把瓶里剩下的武弗雷白葡萄酒分完，随后，我们两人慢慢地吃着最后几勺杏子舒芙蕾。

几天后，当爱德华把食谱和要我生活得更浪漫一点的提醒一道寄给我之后，我打算亲自动手做一次舒芙蕾。我把鸡蛋从冰箱里取出，放置到室温，再把杏脯放到糖浆里熬煮，然后再放进冰箱，变凉之后才跟其余的食材混拌起来。

“按这份食谱做，绝不会出错。”爱德华告诉我。

他是对的，因为最初我做舒芙蕾的时候用的是新鲜杏子，结果做出来的东西淡而无味。而杏脯的果味十足，打成细蓉后，甜品变得更加浓郁，口感也更加丰富。

最后，我终于学会了精准地遵照爱德华给出的“食谱”，无论它们指导的是做菜，还是人生。他的建议始终围绕着几条本质性的主题，从未偏离：他说，要觉察到“每个人心中都会有的那个陌生人”，达到一种他喜欢称之为“灵魂休憩之地”的境界。现在我明白了他的意思，他说的是那种自我确信的感觉，欣然接纳真实的自我。或者用他的话说，就是“在你头脑里的那个地方，你与自己的人生、自己的决定能够和睦地相处”。

3

幼鳕鱼片，佐圣马扎诺番茄酱

橙皮沙拉

法式苹果挞，香草冰激凌

灰皮诺[1]

1 Pinot Grigio，常见英文名为 Pinot Gris，原产于法国勃艮第，属于白色葡萄品种。

十九世纪时，罗斯福岛还叫作布莱克韦尔岛，岛上设有十几家监狱、一间专门收治天花病人的医院、几家济贫院，甚至还有一个“任性女孩”之家。治理着河对岸那个欣欣向荣的大都市的市政决策者们认为，布莱克韦尔岛是隔离犯罪分子、穷人和疯子的完美地点，因为“那愉快怡人的环境将对身心疗愈均有好处”。1828 年，纽约市以三万两千美元的价格买下这座岛屿，四年后，布莱克韦尔岛上的监狱与医院开张。

2010 年我搬到这个岛上的时候，有将近一万四千人生活在这段悲伤历史留下的遗迹中，其中许多人是联合国的官员和来自前南斯拉夫的移民。岛上依然留有废弃医院那阴森的断壁残垣，就连现代修建的住宅楼——绝大多数是七十年代盖的——也像监狱似的，只是没有围墙和铁丝网而已。大楼的走廊里铺着染着污迹的地毯，散发出阵阵烟味和腐烂卷心菜的气味。相比之下，爱德华住的那幢楼更体面，维护得也更好，还有几个热心肠的门房。

我住在岛上的那一年，全岛只有寥寥几家餐馆，一家星巴克，还有一间被当地居民称为“古董店”的超市，因为店里许多食品都过了最佳赏味期。这座最宽处大约有两百多米的岛屿，入夜之后就变成了鬼城。有次我邀请一位朋友来做客，她八十多岁了，基本上一辈子都住在曼哈顿。她狐疑地打量着夜晚杳无人影的主街，试探地问我，上哪儿能找到葡萄酒铺子。

“阿斯托里亚[1]。”我说。

坐缆车回曼哈顿的路上，一位乘客以为她是游客，就问她从哪儿来。

1 Astoria，位于罗斯福岛东边的皇后区，有许多希腊美食和异国佳酿。

“曼哈顿。”她面无表情地说。

我们在一座庞大的住宅楼里租了套公寓。这幢楼就在善牧堂和罗斯福岛花园俱乐部旁边，奇异的构造犹如迷宫般复杂，到了夏天，纠结蔓生的番茄郁郁葱葱地挤满各处，还有各种各样开花的灌木，和一堆覆着灰尘的草坪装饰物。

最初，起码我丈夫觉得这里就像天堂。但我渐渐关注起完全不同的事情来，并且开始怀念曼哈顿那熙熙攘攘、生机勃勃的街道。罗斯福岛上有种东西仿佛映照出我的悲哀。一个没有腿的乞丐坐在一张医院的轮床上，面前放着一个铁皮罐子，定期迎候着从地铁站里出来的上班族。没过多久我就发现，他是那两座康复医院里截肢病人中的一员，那医院叫人想起这座岛屿黯淡的过往。

我们住的地方叫作“八角大楼”，就是从前的纽约精神病院。这个公寓群组面积非常大，景色无敌，望出去即是曼哈顿的天际线。这里有一座网球场，一个户外泳池，一间画廊，甚至还有一辆小小的摆渡车，把居民送往地铁站和缆车站。2006 年，一个曼哈顿开发商把八角大楼改造成了高端出租公寓，这在当时的岛上是不多见的。他们给厨房装上了大理石台面，抬高了天花板，还在“充满戏剧性设计的城市滨水公园”中装上了名师设计的装饰品。

可宣传册子上对主街 888 号的暗黑历史只字未提——这里曾是十九世纪纽约城中最臭名昭著的场所，就连查尔斯·狄更斯都觉得这里太过阴森诡异，不愿多待。“每样东西都沾染着一种懒散的、百无聊赖的疯人院气氛，教人异常痛苦。”在 1842 年的简短旅行过后，狄更斯在《美国纪行》(*American Notes for General Circulation*)中这样写道：“消沉的痴汉顶着蓬乱的长发，畏缩在一旁；口中念念有词的疯子四处指点着，爆发出骇人的大笑；那空洞的眼神，凶悍桀骜的脸，他们沮丧地抠着嘴唇和手，啃咬着指甲，所有这一切都无遮无拦地呈现在眼前，带着赤裸裸的丑陋与惊惧。”

四十多年后，《纽约时报》报道了三十五岁的埃伦·德拉姆的遭遇。她得了“抑郁症”，在这座精神病院里已经住了近两年。离开病院时，她身上“只穿着印花棉布裙子、内衣和袜子”，人们都猜测她落入河中淹死了。她的遗体从未找到。入夜后的八角大楼里，一种诡异的寂静悄悄降临，让人直瘆得慌。如今回头看去，那里大概是全纽约城里最适合精神崩溃的人待的地方了，而那时的我距离那种状态已经不远。“我感到一种深深的空虚——这是一种我从未有过的感受。”搬来岛上没多久后，我在日记里这样写道，“我必须做点极端的事情来终结它。”

这种悲哀源自孤独。尽管搬到罗斯福岛是我丈夫的要求，可他依然十分痛恨纽约，以至于学校的每一次假期、每一个暑假都成了他把汉娜带走的理由。有时候他甚至连理由都欠奉，就那么自顾自地走掉。他在加拿大的母亲生病时，我尽力做到同情和体贴，但他留在那边的时间越来越长。为了搬到纽约，我们已经花掉了绝大部分的积蓄，我丈夫没有绿卡，所以我没得选择，只能工作养家。早晨，我搭地铁到中城的办公室去上班，晚上很晚才能回到这个冷冰冰的、大到空荡的公寓，凝望着远处曼哈顿的灯火。

我开始盼望和爱德华的晚餐之约，因为那是我迫切需要的情绪舒缓。他家就像是我的避难所。有一天我过去，刚一出电梯门，就闻到一阵肉桂、糖和烤苹果的香味，幸福感扑面而来。爱德华做了他著名的法式苹果挞，一进厨房我就瞄上了——它正在一张已然被烤成棕色的烤纸上晾着呢。

认识爱德华之前，我烤苹果派时只会按照科瑞牌起酥油给的配方做饼皮，也用买来的冷冻千层酥皮做过德式苹果卷，可做起来实在太麻烦了。爱德华做的苹果挞有种优美的质朴——饱满、实在；饼皮随意又自然地向上折起，像个信封似的把馅料兜住；浸润着黄油的苹果片上撒着星星点点的肉桂粉，渗出烤成焦糖色的汁液，整个挞上还慷慨地撒满了糖霜。

爱德华会在烤好的苹果挞上放一球打发的鲜奶油或香草冰激凌，这样一来苹果的酸味就会浸润在那一小片渐渐融开的甜白中。这个挞实在太美味了，以至于我压根不记得第一次吃到它的那个晚上，桌上还有什么菜。大概是某种鱼吧，大概是幼鳕配上鲜美的番茄酱，那酱汁是用饱满的圣马扎诺番茄做的——爱德华只用这个品种——还有就是加了长长橙皮丝和清淡油醋汁的沙拉。反正不管那天吃了什么，我显然已经不大记得了。

“你得把食谱给我！”我说。

爱德华迟疑了一下，把瓶里余下的灰皮诺葡萄酒全倒给了我。他走到冰箱前，又拿出一瓶酒，返回餐桌时他说，他尽量整理个食谱出来，因为之前他从没把这个配方写下来过。但是，距离我头回品尝苹果挞后没几天，我就收到了一份手写的操作指南，白纸上简单地标着“甜品”两个字，下面写着这样的指示：

> 三块冰块——放在厚塑料袋里，用木槌敲碎
>
> 两小匙冻猪油（不是必需，但加上最好）

食谱中详尽地指出，要尽量把黄油、猪油，甚至和面的盆都保持在冰冷的状态，这些操作十分重要。

动手制作之前，务必要把所有的东西——和面盆、面粉、烘焙中可能用到的所有工具——事先放进冷冻室里。他还坚持要求我拿一个擦芝士碎的刨丝器，把冻成块的黄油擦碎撒进面粉里。

把黄油块擦碎，把盆预先冰过，这些都没问题，但紧接着麻烦就来了：当我努力地按部就班照着爱德华的食谱来的时候，我发觉，要把碎冰揉进面团里几乎是不可能的事。冰碴子压根就不愿把面粉和黄油团结在一块儿。是不是应该打成冰霜再用？尝试了若干次之后，我泄气了。我家没有食品处理机（“没它你可怎么过日子呀，亲爱的？”爱德华问），所以只能用手和面。一半的面团都粘到了我的手上，余下那一半硬邦邦的，全是干粉。他为啥就不能用冰水呢？连人家茱莉娅·查尔德[1]都觉得用冰水已经够好了啊。

但爱德华顽固地认为，完美苹果挞的秘诀就在

1 茱莉娅·查尔德（1912—2004），美国家喻户晓的名厨，著有《掌握法国菜的烹饪艺术》等大量烹饪著作，主持电视烹饪节目长达四十年，她的头像曾登上《时代》杂志封面。

于碎冰碴子。当然了，还有苹果。爱德华认为，要做苹果挞的话，科特兰或梅空比麦金托什[1]更合适。科特兰的果肉更紧致，他说，所以加黄油、柠檬汁和糖炒过，再放入高温烤箱里烘烤过后不会融成糨糊。麦金托什的质地太疏松，吸水太多，而且容易碎裂。

确实，爱德华烤的挞中，苹果总是很紧实，果酸中带着恰到好处、若有似无的一丝甘甜。他用的苹果是在罗斯福岛桥底下的农贸市场里买的，那儿每周六上午开张，农夫都是门诺派教徒。每逢感恩节晚餐，他总会烤苹果挞，还会邀请住在主街上的朋友们一起来庆祝。

事实上，要到很久很久以后，我才掌握了爱德华教我的方法。此时，我实在太孤独了，常常不愿做饭，丈夫和女儿不在家的时候就更是如此。在那个硕大无朋、展厅一般的厨房里，看着那些不锈钢的厨房

1　科特兰（Cortland）、梅空（Macoun）、麦金托什（Macintosh）都是苹果的品种。

电器和冰冷光滑的料理台面，给自己做饭成了令人望而生畏的事情。在这一尘不染的豪华背景前，我的旧锅显得如此寒酸，所以我极少吃那种要花时间去做的食物。家人不在的日子，我就不去采买日用杂货了，所以冰箱里总是没有吃的。到了周五，我会很晚才下班，到家后总是坐在电视前，一边看《大屠杀》（*Holocaust*）这样的纪录片，一边吃沙丁鱼罐头。

“哎哟，别再这么可怜兮兮的行不行。”每当我向梅丽莎讲起周五晚上我是怎么过的时候，她总是这样说。但这算不上可怜兮兮吧，那沙丁鱼罐头是我能买到最好的了——那可是在西班牙加利西亚冰冷的海水中捕捉到的野生沙丁鱼啊，浸在橄榄油里的。梅丽莎怂恿我叫外卖，或是出去吃饭。但对我来说，独自出去吃晚饭简直是不可能的。刚搬到曼哈顿后没多久，有次我和丈夫在餐馆里看到一个打扮入时的年轻女郎，她独自坐在桌前，一边看书，一边啜饮着白葡萄酒。

“问题就出在这儿，这地方的女人全都是这样，又孤独又寂寞，”我丈夫说，“我可不希望我女儿将来变成这副样子。”

尽管我点头表示同意，但我暗暗羡慕她那从容又惬意的孤独——她坐在那儿，看着书，品着葡萄酒，享受着自己的陪伴。几年后，我读到精彩绝伦的美食作家 M. F. K. 费雪记述她独自一人用餐的经历，而且，那可是在上世纪三十年代末和四十年代初。

“看到我独自在火车上、船上或餐馆里吃饭，人们往往对我有种嫉恨，因为我教会了自己享受独处的快乐。”在 1938 年她这样写道。丈夫过世之后，费雪对读者袒露心迹：“有时我会到我所知道的最好的餐厅去，点几道菜，要上好的葡萄酒，就好像我是自己请来的客人，得到无上殷勤的款待。”

我也渴望当自己的客人，但彼时我还远远不能清楚地表达出这种欲望，而且也还没有发现费雪或茱莉娅·查尔德的作品。当我终于在费雪的《恋味者》（*The Gastronomical Me*）中读到她记述生活与美食的文章后，我才渐渐理解了那种我寻而不得的宁静是什么，以及为什么我会如此羡慕曼哈顿那位独自用餐的女郎。那种境界，无疑就是爱德华所说的“灵魂休憩之地”。

可我的灵魂依然处于挣扎和折磨之中。罗斯福岛上，精神病院的阴魂仿佛追着我不放。我心里乱糟糟的，担心分手会严重影响到女儿，也担心自己会孤独终老，这忧虑的阴霾扼杀了我反抗的愿望。我开始尽力讨好身边的每一个人，总在琢磨怎么做才能让别人开心。如今我明白过来，这简直是执迷不悟，只会让我的人生变得更糟。2011 年二月五日，我生日过后的第二天，我在日记中写下的全是这样的话：“在真正的灵魂暗夜中，永远是凌晨三点钟，日复一日。”这是菲茨杰拉德描写抑郁的句子，在我读来有如切肤之痛。

到了夜里，我翻来覆去地想事，睡不着觉。为了不开心的伴侣，我该如何调整在纽约的生活，才能让他愿意跟我在这座城市多待一段时间？或许我们应该搬到别的地方，比如皇后区带车库的独栋住宅？长岛呢？试试婚姻咨询怎么样？就算为了女儿，我们也该尽力挽救这段关系不是吗？可对他抱怨的另外一些东西，比如汽车喇叭声、走路太快的行人、高峰时段地铁里汹涌的人潮，我又该怎么办？

我知道，他讨厌的其实不是纽约。纽约不过是个借口而已，是他长期以来焦躁内心的外显。在一起的九年间，我们从多伦多的公寓搬到迈阿密的住宅，然后又搬回多伦多，去翻新一幢宏伟的、维多利亚时期的大宅子。可翻修工程刚一结束，他就又找了一幢房子，于是我们再次搬家，后来又搬了一次。做了三次翻修之后，我们再度搬家，这次是去里约热内卢，我们在那儿待了三年。这一次算是安定时间最久的了。在里约，我写书，他为嘉年华拍了一些黑白照片，风格十分悲哀。狂欢者们浓妆艳抹，身上装饰着羽毛和亮片，但看上去却荒凉而疏离，我怀疑这其实隐喻着他漂泊流离的内心。

在罗斯福岛上刚一安顿下来，他就开始抱怨我的工作时间太长，没法回家做饭，没能好好收拾家。他甚至塞给我一张时间表，上边列着他花了多少时间照顾女儿，言下之意就是我没有做到我的分内事。他的抱怨越发尖酸刻薄，此时我终于明白过来，我们在一起的这些年里，他一直想要逃离的其实是我。我开始考虑离开。

可是，缺乏睡眠，再加上心烦意乱，我感到自己无处可去。我感到自己被困住了。有天清晨，天还没亮，瞥了一眼八角大楼底下那迷宫般错综复杂的庭院，我顿时恐慌起来。我拉过牛仔裤和运动衫，直接套在睡衣外面就走了出去。那边有个废弃不用的灯塔，俯瞰着那段人称“地狱之门”的湍急河流，这里是过往船只的凶险之地，见证过惊心动魄的船难。

面对着哈林区和布朗克斯区的高楼若隐若现的轮廓，我坐了下来。在这片四周环绕着暗黑水流的狭长岛屿上，我知道，我的情绪已经陷入了孤立无援的境地。

4

纸袋香草烤鸡

烤蔬菜

茴香蛋黄酱生菜沙拉

火焰松饼

马提尼，白皮诺[1]

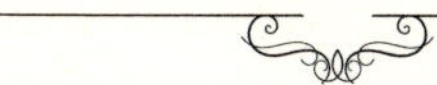

1　Pinot Blanc，白色葡萄品种，常被酿制成酒体饱满的干白。

我到爱德华家的时候，正赶上冬季第一场东北风暴开始肆虐。我从家里一路沿着东河边的人行步道走过来，迎面就是皇后区大桥，咆哮的暴风雪席卷着，拍打着，犹如抛出一个个凌厉的惊叹号，可即便如此，也丝毫无损它伟岸的身姿。

当我在爱德华家的客厅里坐下时，对岸上东区沿河的那一溜儿楼宇已经隐没在风雪之中，看不见了。曼哈顿变得寂静一片，湍急的河面上鲜少有灯影闪烁。我正全神贯注地凝视着风雪，爱德华突然从厨房里叫我，倒把我吓了一跳。

“咱们得想个办法，让你变得更有女人味一点。”

我惊得说不出话，还以为他在叫我开饭呢。在桌边坐下后，我偷偷尝了一口盛在沙拉碟里的茴香蛋黄酱。这本该是第二道菜，但我等不及了。爱德华把它做成了路易斯安那的风格，在美乃滋中加了卡宴辣椒，充分搅打成浅玫瑰色。辛辣柔滑的酱汁包裹着一瓣瓣蒸过的球茎茴香，衬出它的脆嫩和淡淡的清甜。我发觉自己停不了口。幸运的是，爱德华进来了，他端着的大浅盘里铺着烤过的胡萝卜和西芹，上头卧着一只金黄色的烤鸡，几枝新鲜的百里香和迷迭香摆在鸡身上。他提前两天把鸡放在加了盐的苹果西打里腌泡，然后用百里香、迷迭香和黄油把鸡从头到尾彻底抹透。他把胡萝卜、洋葱和西芹切成大方块，铺到烤纸上，再把鸡放上去，最后拿一个纸袋，连鸡带菜统统套起来，然后放进烤箱里焖烤几个小时。

爱德华把大盘子放到桌上，然后稳住身子，慢慢落座。他为我俩斟上葡萄酒，拿起刀叉，略带夸张地挥了挥，然后小心地切开多汁的烤鸡，片出一块鸡胸肉放在我的盘子里。给自己切下一条鸡腿后，他拿起一片法棍面包，涂上黄油，对我挤挤眼。

“Bon appétit[1]。”他捏着浮夸的法国腔调说。

尝过爱德华做的纸袋烤鸡之后，我再没用其他方法做过烤鸡。纸袋绝不会在烤箱中烧着，鸡肉也绝对不会干柴。鸡烤熟之后，爱德华把烤箱温度升到二百六十度，取掉纸袋，把鸡皮烘到金黄香脆。

“简直绝了。”咬下第一口后，我对他说。焦脆的外皮之下，鸡肉软嫩无比。

爱德华乐呵呵地表示同意，可他心里想着另外的事。现在他要回过头来，接着说“我的女人味”的话题了。

我知道他绝对没有刻薄的意思，爱德华认为他只是在指出事实。他之所以这样说，是因为年纪和阅历给了他资格，也是因为他没有时间可浪费了，而且，既然他给我指出的是终极的真相，那就没必要扭扭捏捏地斟酌言辞。至于这种话是否会伤害我的自尊，他压根就没想过。到了这时候，我已经习惯了爱德华这些开门见山、没有任何铺垫的人生课。他告诉我，我

1　此即法语的“祝你好胃口”。

需要给汉娜树立一个坚定勇敢的榜样，而且他发觉，我在婚姻中“陷入了一条深沟，而且在来回兜圈子”。

在之前的一次晚餐上，我第一次对他讲起我岌岌可危的婚姻中的一些细节，也告诉他，我实在太怕给年幼的女儿造成心理创伤，所以完全没勇气迈出决定性的一步。爱德华沉默无语。几天后我收到了一封信，直到今天，每当我不知所措时，依然会拿出来翻看。在信中他这样写道：“你是一个美好又有才华的女人，如果你得到了爱、支持和运气——我们每个人都需要这些——你的潜质就会显现出来。现在你失去了勇气，不敢夺回原本属于你的东西，也交出了对自己人生的控制权，而这些正是需要你去探索和修习的功课。当你把它们找回来的时候，要握紧。”

爱德华九十三岁了，几乎比我年长一倍。出生在纳什维尔的他，喜欢喝波旁威士忌加冰，跟人聊天时会用“精气神儿”这样的老词，但他也能像地道纽约人一样飙脏话。他没有手机也没有电脑，写字时他亲自动手，而且他从不看电视。

“我们生活在一个沟通便利的时代，可没人懂得怎么沟通了，”有次他对我说，“他们干的那些只能叫发电邮和发短信，不能算沟通。”爱德华继续说，“没人理会现实。太可惜了。”

爱德华偶尔会到街对面的纽约公共图书馆罗斯福岛分馆去看《纽约邮报》。只要《纽约邮报》上发了我的文章，他就去家旁边主街上的熟食店里把报纸买来。他订阅了《纽约书评》，那是别人送他的圣诞礼物。无论他在读哪本书，都去找来《纽约时报》的书评，复印下来塞进前勒口。如果这本书是别人送的，他就坚持要赠书人在扉页上写下赠言。他只念到高中，没有再往上的正式文凭了，可他是我认识的最有学养的人之一。他用的信纸都压印着浮雕花饰。他寄亲手书写的诗给我，那些诗句有时看得我潸然泪下。

他一向对我说真话，有时措辞极为优雅委婉，但正如我之前说的，有些时候，他也会一针见血，毫不留情。在许多方面，他逼着我去面对自身的某些特质，而这些特质是我宁愿继续压抑下去的。爱德华对我的生活的洞察时常让我停下来思考，但令我热泪盈眶的，是他的慷慨和温暖——他是一心为我好。我知道，他说这些之前必然经过一番思量，可他接下来说出的话令我措手不及。

“我得给你弄点特别的东西，”我们正吃着饭的工夫，爱德华说，“我希望看见你穿上考究的衣服，还有高跟鞋。我们得买衣服去。”

算是对这番话的解释吧，他给我讲起他和女儿劳拉的一段往事：有次他觉得劳拉情绪消沉，就给她买了一套昂贵的衣服。他带她去了萨克斯第五大道精品百货，劳拉在那儿挑中的那套衣服原价一千四百美元，打了折之后还是很贵。

“我们买得起吗？”当时劳拉问他。

“不买的代价更大。”爱德华简单地答道。他又给劳拉买了一件昂贵的风衣。

“她穿上精神极了。”他回忆道。

就在此时，厨房里响起了铃声——那是爱德华给烤箱里的松饼设的定时器。他站起来，身子稍稍有点踉跄。我起身想帮他收盘子，但他不让。我知道，这种时候还是不要坚持为妙。

我渐渐明白，爱德华的晚餐是一场郑重的仪式。精神头儿很足的时候，爱德华会做什锦砂锅或洛克菲勒焗牡蛎[1]这样的大菜，有时我们会尽情享受一瓶上好的香槟或波特酒，用他从母亲那里继承来的、足有百年历史的精致玻璃杯盛着。他永远会事先用烤箱把餐盘烘暖，就算端上来的是剩菜也是如此——不过爱德华极少会上剩菜。在让人安心的、一成不变的顺序之下，事情一样样渐次展开：上主菜前永远有鸡尾酒——今晚我们喝的是马提尼——饭后必有甜点作为结束，要么就是掺了白兰地或力加茴香酒的土耳其咖啡。

“秘诀就是像款待客人一样对待家人，像对待家人一样款待客人。”有次他对我说。无论在敲响爱德华的家门时，我的心情有多么恶劣，离开的时候我总会面带微笑，因为我刚刚品尝过纯粹的欢悦。

“我刚跟你爸爸吃晚饭来着！”与爱德华的晚餐之

1　Oysters Rockefeller，正是前文提到的“安托万餐厅”创作的一道名菜，在带着半壳的牡蛎上浇上用黄油、欧芹等绿色香料和面包屑做成的浓稠酱汁，然后焗烤而成。

约开始没几次的时候，有天我在饭后走回家的路上，给人在加拿大的瓦莱丽打电话。“谢谢你！谢谢你！我也不知道为什么，可我现在太开心了！”

现在，爱德华把我们用过的盘子放进水槽，开始忙活甜点。他把杏子果酱和白兰地放入小平底锅中，用明火点燃了烈酒，火焰扑出锅沿的时候，他轻轻往后退了一小步。当火焰熄灭，他把锅中的杏子酱舀到已从烤箱中取出的温热松饼上，然后撒满糖粉。

或许是由于那甜蜜松软的烤饼，要么就是因为当晚我们喝掉了不少酒——吃晚餐的时候我俩经常能喝完整整一瓶。不管是什么原因吧，我听见自己乐呵呵地答应跟他一起去购物，随后还举起杯中的余酒，祝我俩探险顺利。

是的，现在我成了爱德华的“特别改造项目”了。我毫不怀疑，帮我重整这困惑重重的中年生活，让他找到了几分活着的意义。不管会发生什么吧，反正我已经缴械投降了。但我确实逼着他答应了一件事：绝对不可以买东西送给我。

“行。”他蓝灰色的眼睛闪着光，“我只是看看。”

5

鸡排佐蘑菇酱

炸土豆

烤橡子南瓜

杏仁蛋糕，香草冰激凌

波旁/百事利茴香鸡尾酒，霞多丽[1]

1 Chardonnay，也译作莎当妮，原产自法国勃艮第，多用于酿造白葡萄酒。

我看着爱德华从冰箱冷冻室里取出一个平底玻璃杯，往里倒入一指深的波旁威士忌。他继续兑入汤力水，又加进几滴百事利茴香酒，酒液中立即腾起云雾，现出微微的浑浊。最后他往酒里挤入青柠汁，从一个旧特百惠盒子——那是他放在冷冻室里存冰块的——里拿出几块冰放进去，完成了这杯鸡尾酒。

这种酒从来都不是我的最爱；我更喜欢他那完美无缺的马提尼：冰凉干爽，清新明亮。爱德华调给我的这款酒对我来说有些太甜了，但我从没想过拒绝它。有时，赶上纽约的酒铺里有货的时候，他会买来艾碧斯苦艾酒代替波旁威士忌，然后得意地给我斟上这种他喜欢称之为“绿仙子”的酒汁——它隐约飘散着茴香与八角的芬芳。

渐渐地，我学会了欣赏爱德华调出的酒：它们成了不可或缺的灵丹妙药，就像小时候我被支气管炎折磨的时候，母亲逼着我灌下去的粉色药水。随鸡尾酒一同饮下的，还有爱德华在晚餐桌前给出的忠告，这些建议往往能持续三道，甚至是四道菜之久。

“太多女人都有个共同的问题，缺乏自我价值感，”他说，“宝拉特别打动我的，就是她的自我价值感。她可不是好欺负的。你得学着变强悍一点，”他对我说，“而且你也应该尽力把这一点教给女儿。”

“裙子送到了吗？”他问。我正站在厨房里，一边小口抿着鸡尾酒，一边看他把冷冻的土豆块从密封袋里取出，放进滚热的葡萄籽油里翻炸。他做炸土豆有个绝招：油炸前，土豆要事先煮到半熟，再放进冰箱冷冻。而且他只用葡萄籽油，因为只有这种油能加热到极高温度而不起油烟，也不会焦掉。这道炸土豆，或者说 pommes soufflés，包含着他更为精妙复杂的烹饪技巧，而这些东西我迄今还没能学会。

爱德华跟着艾拉·菲茨杰拉德唱道:“我深深地迷上了你呀，可人儿……”全然不顾自己完全唱跑了调。

我还没来得及跟他汇报裙子的事，爱德华就坚持拉我一同坐下，趁着土豆正在又烫又脆的完美状态，赶紧吃。只要磨蹭一会儿，就会变得软塌塌的，他的警告如此义正词严，我哪敢多嘴。像往常一样，他是对的。这炸土豆太好吃了！厚厚的薯片外皮金黄、焦脆、咸香，咬下去，软熟的薯泥就滑迸出来。毫不意外，整顿饭都超凡完美——烤南瓜又甜又糯，淡橙色的瓜肉上被黄油和赤砂糖染上了斑斓的色彩；清淡细致的鸡排上浇着浓稠的蘑菇酱，是爱德华用他拿手的半釉酱汁、葡萄酒和口感紧实、饱含黄油香的蘑菇做成的。

“裙子还没到。”我一边说，一边又戳起一片炸土豆。

爱德华不吃了，关切之情在脸上浮现。我让他放心，说我一点儿都不担心。但爱德华让我一定要跟门卫打好招呼，让他记得我正在等萨克斯百货的包裹。我跟爱德华保证我一定会叮嘱门卫的，但转头就忘了，于是那条裙子孤零零地在我家楼下的收发室里待了好几天，我才想起来。

向爱德华保证裙子不会出问题之后，我们开始吃甜点：香草冰激凌和爱德华做的杏仁蛋糕。这是他在派雅的橱窗里看到的，当时这家精致优雅的甜品店还开在莱克星顿大街上。他就看了那么一眼，回来就在自家厨房中把这个蛋糕完美地复制了出来。爱德华说，其实他从没尝过派雅家的这款蛋糕，能琢磨这种金黄色的海绵蛋糕是怎么做的，对他来说就足够啦。

我生日的时候他给我做了同样的蛋糕，亲自送到我在中城的办公室去，给了我一个大大的惊喜。身材修长的爱德华穿着一件黑色绗缝棉服，一条熨烫得平平整整的黑灯芯绒裤子，潇洒地戴着一顶贝雷帽，那优雅尊贵的气度把平日里毫无幽默感的前台姑娘迷得不行，她上气不接下气地叫我下来："爱德华有东西要给你！"

萨克斯第五大道精品店的导购姑娘对爱德华也是

同样的反应。我们前一周去了那儿，他坚持说，买衣服一定要去萨克斯。直到最后一分钟我都在劝他，去布鲁明戴尔百货就行了呀，因为我不想让他走远路。爱德华走路有点吃力，需要拄手杖。腿脚痛起来的时候，他得双手抓住台面边缘才能在小小的厨房里走动，那模样看上去就像慢动作练双杠的体操运动员。我不想让他因为逛街而受罪，如果从罗斯福岛坐缆车到曼哈顿，下车后拐过街角就是布鲁明戴尔了，他或许更愿意去那儿吧。但是，不行，爱德华坚持要去萨克斯，看起来他一点不在乎路远：先要坐罗斯福岛本岛的巴士到缆车站，下缆车后，要再换一辆巴士才能到第五大道。

深冬一个寒冷刺骨的下午，我们在爱德华家楼下的巴士站碰面了。一见面他就批评我，说我的口红涂得不够。我忙去包里翻找前两天跟梅丽莎一道买的迪奥唇膏。瞄了一眼自己映在候车亭玻璃上的影子后，我犹犹豫豫地拿起这支色号为“法沃伊红”的唇膏来补妆。

当我斜眼去瞧爱德华时，他笑了，佯装不满意地摇摇头。显然他很愿意扮演固执的亨利·希金斯，对付我这个不听话的伊莉莎·杜立特尔[1]。“再涂一点！”他用手杖敲着冰冷的地面，以示强调，“你涂得不够浓！”

拥挤的缆车在东河上空滑过，罗斯福岛渐渐消失在我们身后。白雪覆盖的大桥依次进入视线，爱德华一一叫出它们的名字：布鲁克林桥、威廉斯堡桥、曼哈顿大桥，直至南边这座就在我们身畔的皇后区大桥。离曼哈顿越来越近时，缆车两侧变成了林立的住宅楼。

我们徐徐降落在热闹的第二大道，然后去东十六街的巴士站等车。等了一会儿，我不耐烦了，扬起戴着手套的手招出租车。

“你赶时间？”爱德华用他那乐呵呵的、实事求是的语调问，这总是让我觉得自己挺蠢。

到站后，我向爱德华伸出胳膊，他把手杖换了

1 两人都是好莱坞电影《窈窕淑女》中的角色，讲述的是下层阶级的卖花女被语言学教授改造成优雅淑女的故事。

手。我们挽着胳膊，走在第五大道上，雪花纷纷扬扬地飘落下来。到了萨克斯，爱德华非常清楚要去哪儿。他径直走向电梯，去往二层，那里全是高端的设计师品牌。

艾绰精品店的时髦导购上下打量着我们——爱德华脖子里服帖地围着羊绒围巾，一贯的老派风度，犹如一位法国乡绅；可我呢，脚蹬一双磨旧的意大利皮靴，穿着褪了色的牛仔裤，口红又抹得太艳，多少有点浑身不自在。爱德华说明来意后，艾绰的导购姑娘执意选了好几条裙子要我试。与此同时，爱德华在衣架前仔细翻找，最后拎了一条裙子回来了——那是一条优雅的黑色短袖紧身裙，腰部低调地点缀着一片黑色蕾丝。这条裙子是博柏利的，价格不菲，但爱德华拿来给我瞧的时候，既没看价签也没看品牌。

“我想看看你穿这件怎么样，亲爱的。”他把裙子递给我，然后在试衣间外的安乐椅上坐下。

不知怎的，我对结果并不惊讶：那天下午我试过的所有衣服里，爱德华挑的这件最完美——虽然稍微有点儿紧。他以前做过裁缝，知道什么叫作好剪裁和一流做工。他把下巴抵在手杖把儿上，专心地瞧着，然后叫我转过身来，开始做总结。

“这件确实把你的身材曲线都衬出来了，”他说，“我都不知道你还有曲线哩。不算特别好，但挺不错了。”然后，他举起手杖冲我指过来，命令道：“收腹！站直了！”

我吸一口气，挺直身板，但裙子太紧了，尤其是臀部那里，我差点拉不上后背的拉链。不过有一点爱德华说对了——很久以来头一回，我也注意到我确实是有臀的。也有腿。有胸。我是个女人啊。虽然这条裙子挺紧，但它也用一种被我忽视了许久的方式恭维了我。突然之间，我需要这条黑裙子，虽然我家里已经有一柜子小黑裙了——但绝大多数都是宽松款的，衬不出身形。毕竟爱德华选中了它，而且，在试衣间严苛挑剔的灯光下，我想象着：它将是我的护身符，是魅惑，是盔甲，它是三者的合一。看见那标着五百二十五美元的价签，我眼都没眨一下。反正在打折呢，而且物有所值。

在电脑上查询一番后，艾绰的销售姑娘在另外一家门店里找到了我的尺码。她跟我保证，要不了一周裙子就能送到我家里。我递上信用卡，我们的小旅行就这样结束了。爱德华拄稳拐杖，从试衣间外的椅子上慢慢站起身来。此时，那群打扮入时、一直咧嘴笑着并饶有兴味地瞅着我们的导购姑娘一拥而上，忙不迭地扶他起身，端茶倒水，围着他一通忙乎。

“您爷爷可真好。”艾绰那姑娘把信用卡递还给我时，热情地说。

“他不是我爷爷。”我促狭地回答她。

她挑起眉毛，但我懒得解释。

在萨克斯商场一楼的化妆品和香水区，爱德华和我分手了。他要去奇塔雷拉美食超市买鱿鱼。他答应我下顿晚餐要做“里斯本风味”的填馅鱿鱼，他想赶着早点儿去，免得人家的鱿鱼仔卖完了。已经长成的鱿鱼不合用。

“肉质不够软嫩。”他眨眨眼。

我目送着爱德华，看他娴熟地在拥挤的假日购物人群中穿行，经过一个个衣着华丽、手执香水瓶子的年轻男女。我发觉自己在微笑。欢畅，幸福——每次看见爱德华，这种心情就悄然浮上心间。尽管生活中有那么多糟心的事，我还是想微笑。

在那一刻，我是世界上最幸运的女人。我买到了一条称心如意的裙子，虽然比不上灰姑娘的舞会礼服，但对我改头换面的效果也差不多了。那位导购姑娘的话或许有一部分说对了——爱德华确实挺像我爷爷，但实际上他更像是我的“神仙教父”。无论是什么场合，他都在照顾着我。

同时，我也在照顾着他。这完全不像是一种责任。我喜欢给他打电话，喜欢和他一起吃晚餐，在这个过程中我发现了一个美好的新世界。我渐渐迷上了美食和美酒——麦迪逊大道上甜品名店拉杜丽的马卡龙，东村小铺子里的法国羊奶酪，意大利的松露海盐，爱德华喜爱的粉红色葡萄牙青酒[1]。每次找到新鲜东西，我都买回来带给爱德华，但比起这些东西来，爱德华更欣赏我的热情。

我微笑着，跟在爱德华身后走了一小段，直到商场门口，我只想确保他一切安好。随后，我目送着他走上第五大道，消失在假日的人群中。

1 青酒，vinho verde，产自葡萄牙北部的葡萄酒。Verde 的字面意思是“绿”，但此处指的是酒很新鲜，并不是说酒色是绿的。这种葡萄酒清爽甘洌，酸度高，适合夏天饮用。

6

里斯本风味填馅鱿鱼仔

自制油醋汁沙拉

哈密瓜，咖啡冰激凌

长相思[1]

1　Sauvignon Blanc，原产自法国波尔多的葡萄品种，常用于酿制成果味馥郁的白葡萄酒。

“别告诉瓦莱丽。”爱德华一边说，一边递给我一个热气腾腾的盘子。填了馅儿的鱿鱼在香辣的番茄酱汁里咕嘟嘟冒泡。馅料里头有大米、芹菜、百里香，还有一样是什么来着……我说不上来。

“是韭葱吗？”咬了一口之后，我问。

“不是，是小香葱。”他说。

我大赞这鱿鱼好吃，还告诉他，在我认识的人里，只有我妈妈会用类似的方法做鱿鱼。我猜这是个相当古老的家传食谱，是妈妈从我外婆那儿学来的。但爱德华对这道菜的处理手法却让我忆起童年——就连用牙签把填馅后胀鼓鼓的鱿鱼封上口的方式都一模一样。

和爱德华的宝拉一样，我妈妈最近也过世了，我感到锥心的哀伤。有时候，我会记挂着该给她打个电话，但几秒钟后才醒过味儿来，意识到她不会再接了。

“这道菜你从哪儿学的？”我惊愕地问。

他没理会这问题。“哦，伊——莎——贝——尔……”他微笑着说。每当他认为答案对我来说显而易见，或是想表明他压根没打算回答我时，他就会这样把每个字都拉长。每逢这种时刻，我就觉得仿佛妈妈还在世。或许是因为那种亲昵感吧。从某种程度上来说，爱德华承担起了令我思念的父母角色。

一心想着这不可思议的巧合，我差点儿忘了爱德华说的关于瓦莱丽的事。“别告诉瓦莱丽”是他常说的话，尤其是当他打算做一些“鲁莽”的、确信他的小女儿瓦莱丽（也就是我的朋友）肯定不会理解的事的时候。

这回他不想让瓦莱丽知道的，是他把自己写的诗寄给了文学期刊。虽然爱德华十分确信自己的作品不可能刊登出来，但或许他心底还保有一丝微微的希望：

有那么一天，会有某个家人以外的人懂得欣赏这些感伤的字句——在那些刻骨铭心地思念宝拉的夜晚，他伏在小小的木头桌子和餐桌前反复斟酌的诗行。虽然这些诗就是瓦莱丽帮他打印出来的，但我敢肯定，她绝对想不到他会寄到杂志社去。

通常，收到这些打印好的作品后，他没法忍受自己写出来的字句被如此工整地印在纸上，每一行都齐刷刷的，排列得那么精确。他对我说，看着这些用规规矩矩的字体印在光洁白纸上的诗句，突然间他觉得特别乏味。于是他把打印出的诗稿复印下来，一行行裁开，然后像拼图一样，重新安排行首的空格缩进，满意后再用胶水粘到另一张纸上。因为字里行间的空格与留白犹如信号，告诉你该在哪里停顿、呼吸。

他写出的诗适合大声朗诵，音韵词句都抑扬顿挫。他时常这样练习。爱德华十分老实地承认，在吟诵琢磨韵律的时候，有时他会睡着。然而，在睡意无论如何不肯光临的时候，他会在天色尚早时起身，给宝拉写信。

他鼓励我也这样做——给逝去的人写信，向母亲诉说自从她走后我心中的真实感受。有天下午非常沮丧的时候，我听取了爱德华的建议，那结果把我吓呆了。当我坐下，在本子上写信给母亲时，悲伤涌流而出。而且，一旦情感被释放出来，我就无法再把它压抑藏匿起来了。

“我从未想过，失去你的哀伤竟会如此深切，”我这样写给逝去的母亲，“我感到前所未有地孤独。”

在我搬到纽约前没多久，母亲去世了，当时我正在巴西为一本书做调研。去世前一周，她打电话给我。听上去她精神非常好，问我研究进展如何，听说八岁的汉娜学会了一些葡萄牙语后（我把汉娜也带到了巴西），她十分开心。我把电话递给汉娜，让她跟外婆说几句。电话挂后没多久，汉娜突然歇斯底里地抽泣起来。

“外婆要死了。”她伤心欲绝地说。

“才不会呢，”我抚慰她，“电话里她多开心呀。”

一周后，母亲中风，陷入昏迷。她没能恢复过来，我也绝对不会明白，为何女儿会有如此惊人的预感。或许我母亲才是那个有预感的人，她趁自己还活力满满的时候打来电话，那是她向我们告别的方式。

在许多方面，爱德华都让我想起母亲。他们都用一种乐观的镇定面对人生。要想让他们发脾气可费劲得很，但是，如果他们感到我被人欺负或占了便宜，他们都会生气的，我亲眼见过。在另外一些方面，爱德华和我母亲也很像。在做菜和处理身后事这两个问题上，两人都极有规划，安排得井井有条。

哥哥和我搬出去独立生活之后，母亲经常做好蔬菜汤，装在罐子里硬塞给我们。每逢圣诞节和我们的生日，她会张罗家庭大餐。她亲手熬高汤，烤杏仁饼干和柠檬磅蛋糕，然后冻起来储存好。而且，像宝拉一样，她会把旧衣服拆掉，做成枕套和床单。

虽然很不好意思，但我得承认，我经常不愿意要那些盛在罐子里的汤，还有用烘焙纸包好、冷冻起来的蛋糕（“你可以留着以后吃。”她常说）。竭力追求独立的时候，我总觉着这些东西意味着父母管得太多。后来，到她晚年，当她坚持要告诉我她对自己身后事的安排时，我也没什么耐心听。身为一个虔诚的天主教徒，她不惧怕死亡。“我这辈子过得很好了。”八十岁时她这样说。两个月后，她走了。

母亲去世前几年，她和我父亲在多伦多市中心一片公园般的墓园里买了一块地，就在一棵橡树下面。有次我回家时，她带我去看那块日后她将要长眠的地方。葬礼弥撒会在圣玛丽教堂举行，那是五十年代她和我父亲从葡萄牙来到加国时第一次去的教堂，她这样告诉我。每当想到哥哥和我不必为葬礼操心，她就很高兴。

当我把母亲为自己做的这些安排讲给爱德华听的时候，他完全理解，并且把他自己的计划告诉了我——虽然现在他要履行对宝拉的最后誓言，不再急着去想死的事情了。

爱德华把宝拉的骨灰分装在三个罐子里，两个给了女儿们，他自己那份装在了一个雅致的蒂芙尼罐子中，放在卧室里。他告诉我，他死后不要办葬礼。他想火化，把自己的骨灰和宝拉的混在一起，装到一个布鲁明戴尔百货的棕色纸袋里，撒遍中央公园。那儿是全世界他俩最喜欢的地方。把骨灰撒在纽约的公立公园是违法的，但爱德华确信他的安排没问题。正因为如此，才要用布鲁明戴尔的纸袋呀。谁能想到那个棕色纸袋里装的是什么东西？爱德华是无神论者，但他毫不怀疑他将会跟宝拉重聚，一起重访两人最心爱且经常去的地方——他们的骨灰将会飘过大草坪，拂过眺望台城堡的塔楼，最后飘过水库和东区精心修葺的花园。

说起自己对身后事的安排，爱德华毫不避讳，可他却要我发誓，绝不能透露他寄诗的事。他还想确认，我没有把去萨克斯买衣服的事情告诉任何人。几个月后，瓦莱丽来纽约，看到我涂了一支特别艳的口红——直到那时我才真正理解了爱德华为何要这么鬼鬼祟祟。

“我恨不得立马给你擦掉。”瓦莱丽说。要是我告诉她，我可能会蜕变成某种妖冶的蛇蝎女子——而且是在她老爸的指导下——不知道她会不会乐意听呢。她认为她爸爸对女性的观点太过时了，还陷在五十年代那种把女人视作全职妈妈的郊区美梦中。

“有时候他的控制欲可强了。”她曾经这样评价爱德华。我一点不明白她在说什么。不过，看待父母时我们都会有自己的“偏见”吧。我还记得，当朋友们说我的父母非常开明时，我震惊极了。我觉得他们非常保守，而且对哥哥和我管得特别严。

爱德华有控制欲？我觉得瓦莱丽的父亲是我认识的人里最出色、心智最成熟的人了。

瓦莱丽也是我认识的最有成就的女人之一。她聪明能干，而且意志极为坚决。二十世纪六十年代末大学毕业后，她进入出版界工作——她敲开曼哈顿每一家出版社的门，直接问人家要不要人。我认识她的时候，她已经开了自己的公司，事业有成了。我高中还没毕业的时候，她给了我第一份工作。

至今她还很喜欢讲我们第一次见面的故事。我应征去她那儿当实习生，她和合伙人让我做个打字能力测试，作为面试的一部分。她的办公室在多伦多市中心的一条街上，楼下是个冰激凌店。他俩领着我走过咯吱作响的地板，进到后面的一个房间，那里摆着一张桌子，一把椅子，以及一台 IBM 的电动打字机。根据瓦莱丽的说法，我在那屋子里坐了四十五分钟才出来，脚步踩在办公室老旧的硬木地板上，声音特别大。瓦莱丽与合伙人从正在审读的校样中抬起头来。

“呃，打字机开关在哪儿？”我问。

对这事我只有一个模糊而尴尬的印象了，但瓦莱丽说那是个决定性的时刻。“你被录用了！”她说她当场就这样说了，但我明明记得是几天之后她才打电话通知我的。

那年夏天我都在校对工作中度过，当我发现了一个比我资深得多的文字编辑都疏忽了的错误时，我激动得要命。“Desiccated 应该有两个 c 才对！”有天下午我在便利贴上骄傲无比地写道。我也读了成摞成摞被归到“废稿堆”里的作品，这些厚厚的、装在牛皮纸信封里的手稿都是作者主动寄来的。我仔细阅读每一封投稿信，头几回把稿子塞回作者预先填好地址、贴好邮票的信封中寄回的时候，心里难受极了。但我很快就熟练地写出了完美的退稿信，在坚定的态度与微微的鼓励中找到恰当的平衡。“非常感谢你的投稿……遗憾的是，你的稿件不适合我们的出版计划……衷心祝愿你的书一切顺利……”

我为瓦莱丽工作了两个夏天。第二年夏天，她说父母要从纽约来看她。父亲要给她带亲手做的苏格兰浓汤，这让她惊讶不已。当年十九岁的我必定认为此事既迷人又大胆，因为几十年过去了，我依然记得这件特别的事。什么样的人会这样做？我心想。他带汤来？这种东西要怎么从纽约带到多伦多啊？装在保温瓶里吗？要再过二十五年，我才有缘见到这位多少有点奇特，但绝对魅力非凡的男人——他曾经带着肉汤穿越国境线啊。

瓦莱丽和父亲一样，是个手艺绝佳的大厨。从出版界退休后，她在乡下买了一所房子，栽种蔬菜和香草。她用可食用鲜花做菜，亲自做雪芭，早在薰衣草、迷迭香和玫瑰精油风靡起来之前就开始尝试这些东西了。数年后，当我告诉她我种了莙荙菜却不知道怎么吃的时候，她立即建议我先把菜蒸熟，然后用浓奶油拌上一小匙第戎芥末酱和磨碎的佩科里诺羊奶芝士浇上去，再放进烤箱里高温焗烤。她还建议我用意式玉米粥搭配这道菜。现在，每次我有莙荙菜的时候都会这样做。

不过，虽然这对父女有许多共同点，但两人也有不少截然相反的观点，尤其是在女性议题上。瓦莱丽继承了母亲的栗色秀发和自信，父亲的高挑身材和艺术特质。她身穿优雅的阿玛尼套装，但她大概不会认同爱德华关于“提升女人味”的看法。毕竟，我的迪奥口红好像把她吓坏了。

我既没打算把去萨克斯购物的事情告诉瓦莱丽，也没打算说爱德华投稿的事。相应地，我相信我和爱德华之间有个心照不宣的约定：对于我搬到罗斯福岛上之后的一切事情，爱德华也不会讲给别人听的。

可我们两人都没能守住这个承诺。

7

波旁威士忌

不加冰

不加汤力水

不加青柠

只需净饮

一个周日的下午，我拿着从最喜欢的纽瓦克鱼市场里买来的一磅生鱿鱼，去了爱德华家。我俩都知道，这不过是个探访他的借口，我刚进门没多久，眼泪就涌了出来。

他看上去一点都不惊讶。“我希望能做点什么来帮助你，亲爱的，”他说，“但如果我干涉了，只会对你更没好处。”

“摩擦、竞争、冲突、缺乏耐心、心烦意乱。”那周我的星座预言中第一句话就是这个。余下的是：“接下来的几天里你会遭遇震惊。你将对感情关系非常敏感，每件事最终都会惹恼你。因此，你最好避开复杂的协商或谈判。”

周日上午，丈夫和我吵了一架。为了避开“复杂的协商”，我搭乘新泽西捷运，去了纽瓦克的艾伦堡，那儿是个葡萄牙社区，是我定期去买腌鳕鱼和橄榄油的地方，这些童年吃惯了的食物让我觉得心里踏实。我经常带女儿去渡口街上一个特别接地气的烧烤摊上吃东西，那里卖炭烤肋排和烤鸡，是那种剽悍警察和建筑工人经常光顾的地方。离开的时候，我们的衣服上沾满了烧烤的炭气，却吃得心满意足——软嫩的烤鸡，大堆大堆的薯条，用生菜、番茄和大块生洋葱做成的酸爽沙拉。

那天，我去渡口街烧烤摊上吃了烤鸡，又去附近的葡萄牙超市逛了几圈，尝尝橄榄和羊奶芝士，买了点西班牙辣香肠。逛完后，我的心情好些了，但我知道不可能永远这样逃避下去。回家后，争吵再次爆发，于是我拿起那磅鱿鱼，去了爱德华家。

爱德华接过这软乎乎的海货，塞进了冰箱。他叫我在沙发上坐下，然后走到客厅里的碗柜前，拿出最后一点肯塔基波旁威士忌，平分到两个玻璃杯里。他没有加冰，也没加汤力水或茴香酒，就连青柠汁也没挤。他吃力地走到沙发前，耸耸肩，微笑着把酒杯递给我。

“来点波旁？”

我深深嗅闻着那抚慰人心的炙热醇香，没过多久我就把所有的事情一股脑全倒出来了。我对爱德华讲起那些可怕的争吵，摔到地板上的盘子，原本是全家共聚的晚餐，结果弄得一塌糊涂，女儿含泪离开饭桌，躲到自己房间里不肯出来。

“这辈子我绝对不会忘记这顿饭。”她哭喊。我也不会，我心想。可如今坐在爱德华的沙发上，那些糟心的场面我已经记不大清，只记得盛满饭菜的大盘被人从餐桌上横扫而下，红酒触目惊心地迸溅在白墙上，化作一幅恰到好处的抽象画，清楚地演绎出我那失和的婚姻。事后，我都懒得去清理墙上那片印痕。

或许它是一个征兆，预示着我们破碎的婚姻已经昭然若揭，再也掩盖不住了。十九世纪的《纽约时报》描述那些被关在精神病院——就是我们现在住的地方——里的患者时，会说他们的症状是“忧郁症”，这忧郁的气息曾被禁锢在高墙之内，如今，它显然已经漫溢到了外部世界。或许朋友们已经注意到了我和丈夫提起对方时的刻薄口吻。在我上班的地方，梅丽莎或许也起了疑心。要不然，为何每当我尴尬地接起家里的电话，她总是那么彬彬有礼地保持沉默呢？在那些谈话里（算得上谈话吗），另一头在大吼大叫，而待在编辑室里的我只能尽量压低声音，竭力想要平息当日的闹剧。

在某些方面，我对内莉·布莱的经历感同身受。1887年，这位调查记者卧底到我这座疯人院，为约瑟夫·普利策的《纽约世界报》写了一连串揭露性的报道。在这座精神病院关了十天之后，她记录下这样的情景：患者们被迫吃下腐坏的食物，洗澡水也是冰冷的，而且还得像囚犯一样，排成长队，用前面的人洗过的脏水。

布莱写道，附近监狱里的犯人甚至会到病院里兼任看护，用野蛮的毒打来管制病人。布莱把她的观察收录进了《疯人院十日》一书中，我最近刚读过："自从我进了岛上这座疯人院后，我就不再装疯了。我的言谈和行为举止就像平常一样。但奇怪的是，我的言行越是清醒，人家就认为我疯得越厉害。"

好吧，或许事情并没有那么糟糕。但是，就像布莱一样，我也是一个卧底到了"八角大楼"里的调查记者——搬进来时，我还佯装生活中的一切都好好的，没有问题。然而，当我开始逐渐面对现实，想要收回自己的力量时，"人家就认为我疯得越厉害"。当我向丈夫提出离婚时，他的反应把我吓了一大跳。我是不是精神不正常？到了更年期了？最近我去查甲状腺了吗？或许我需要看看精神科医生，开点抗抑郁药？试试瑜伽怎么样？布莱的话在我脑海中不断回响。

我不知道有没有把这些向爱德华解释清楚。在那个意义重大的周日下午，就着一杯波旁威士忌，我哭了好长时间，诉说得断断续续，就连我自己都听不明白。爱德华听着，一度站起身想要给我俩加点酒，才想起来我们已经倒完了瓶中最后一滴。我望向客厅窗外，看着河对岸大楼里的灯火。天已经黑了，我知道我该回家了。不过，即便是在告辞的时候，我也感觉到了某种抚慰。我猜，这是因为我知道在这番闹剧结束后，爱德华始终会在。因为当他送我到电梯口的时候，他伸出手杖挡住门，说："这两天我们就一起吃晚饭，好不好？"

几天后，我接到瓦莱丽的电话。爱德华把我遇到的危机悉数告诉了她。她说，爱德华忧心如焚，主要是因为他觉得一点儿忙都帮不上。听着瓦莱丽的话，我开始责备自己，为什么要让爱德华背负这么大的压力。"他非常担心你。"瓦莱丽说。

但爱德华一点都没把忧虑传递给我。他从没唠叨过我的事，极少给我提具体的婚姻建议，从不插手干涉。偶尔，他会叹口气摇摇头。"实在太遗憾了。"他会说。因为他知道，能够解决这些问题的，只有我自己。

8

牛肉佐波尔多红酒汁

煎土豆片配格鲁耶芝士

自制油醋汁时蔬沙拉

苹果梨子挞

马尔贝克

当我带着一瓶阿根廷马尔贝克葡萄酒去吃晚餐的时候，爱德华正在以外科手术般的精确度把牛肉切成极薄的片。他飞快地瞟了一眼瓶身，让我惊讶的是，他说这瓶酒会跟今天的牛肉非常搭。我到之前他已经把波尔多红酒汁做好了：几勺半釉酱汁加上红酒、红葱头和黄油。现在，他把薄薄的肉片摆在盘中，舀起酱汁淋上，最后添上数片裹着融化的格鲁耶芝士的煎土豆片。

我们在桌旁落座，爱德华打开那瓶马尔贝克。他倒酒的时候我们都沉默不语。我知道他想问我家事处理得怎么样了。自从那次伤心的“鸡尾酒倾诉”过后，已经过去了好几周，每次爱德华叫我来吃饭，我都推辞了。我已经害他为我担忧难过，不想再让他操心了。

但今晚，我有个比较好的消息告诉他——我丈夫终于同意分居了。如今问题演变成，如果我们想要退租，必须得交很重的罚款。立即搬离八角大楼的话，我们两人都负担不起。

决定分居后的那几周，我们开始在公寓里画地盘，圈出自己的独立王国。我要么把自己关在卧室里，要么就窝在客厅沙发一角，而他把好多我们共有的东西囤到了自己的书房里。他宣称那一大批书、盘子、进口的法国锅具、平板电视都是他的，就连成盒成罐的不易过期的食品都占了去。起初，我觉得自己怎能如此小家子气，但在梅丽莎催我赶紧抓牢自己想要的东西之后，我最终还是鼓起勇气抢到了咖啡壶和吐司机。

我们分开做饭，从不在厨房里碰面。不知怎的，我们居然还排出了个陪女儿的时间表。他回加拿大去看望亲戚之后，我长长地出了一口气，仿佛从婚姻的钢丝绳上走了下来，如释重负。

家事暂缓的这段时间里，我也成了街坊邻里中不受待见的人。我对爱德华开玩笑说，这下我成了罗斯福岛上的海丝特·白兰[1]啦，起码在我们认识的那些塞尔维亚移民中是如此。

决定分居和离婚之前，在邻里的聚会中我被亲切地称为“那个外国人”。那些社交聚会的气氛十分拘谨，男人跟女人分开坐，喝着苏格兰威士忌和rakija[2]，唱着关于离乡背井、流放漂泊的忧伤歌曲。他们中的许多人是在前南斯拉夫解体时作为难民来到纽约的。有人去了联合国工作，有的在曼哈顿和皇后区做点小生意。搬进政府补贴的公寓后，他们组成了一个社区，差不多有两百户人家。起初他们欢迎我们去参加派对和烤肉活动，是因为我丈夫有塞尔维亚血统，而我在搬到纽约之前，曾作为驻外记者报道过巴尔干半岛的新闻。

我丈夫把分居的事情告诉他们之后，我后背上大概也像小说里那样，被人贴上了鲜红而硕大的“离婚”二字吧。我不再收到派对邀请，社区里有几位男士在

1 Hester Prynne，霍桑小说《红字》的女主人公，因通奸罪名而被迫在胸前佩戴红字A。

2 塞尔维亚特有的水果白兰地，很烈。

主街上碰到我时，甚至不肯跟我打招呼。最绝的一招是有位妈妈——一个五十岁上下、爱穿田径服的家庭主妇——不允许她九岁的女儿到我家来跟我女儿玩。

这里已经不是十七世纪清教徒的波士顿了，但我已被塞尔维亚社区驱逐在外。对我来说，罗斯福岛更像监狱了。

说回到二十世纪八十年代，对彼时的爱德华和宝拉来说，罗斯福岛代表着自由，是把他俩从另一所“监狱”中搭救出来的通行证。迈入七十岁后，两人发觉长岛郊区平房里整洁安静的生活有些孤单。女儿们老早就搬出去了，他们想念老朋友，还有曼哈顿那些心爱的地方。宝拉从不开车，退休后一直住在这么远的郊外社区里，对两人都没有吸引力。

七十年代，建筑师和规划者们把罗斯福岛定位成带有小镇风情的城市绿洲。改建计划是在 1969 年出台的，当时，纽约州委托传奇建筑师菲利普·约翰逊和搭档约翰·伯吉把当时这个废弃的罪犯流放地改造成为生机勃勃、适合中低收入家庭的住宅区。他们设计了滨水的公园，聘请现代风格的建筑师建起大型的公寓楼，楼群对面就是曼哈顿的壮观天际线。1971年，小岛举行了盛大的更名仪式，冠以富兰克林·德拉诺·罗斯福的姓氏。不过纽约人还是爱用二十年代那个充满嘲讽意味的绰号称呼它：幸福岛。

宝拉和爱德华不在乎这些。想搬回纽约市内的时候，华盛顿广场、格林尼治村这些他们昔日常去的地方都已经太贵。这个岛看上去像是个安全又负担得起的选择，而且两人很快就安顿下来，开始了愉快又规律的生活。爱德华经常穿过罗斯福岛大桥，走到阿斯托里亚去，在那儿有一群他相熟的食材供应商——每当进到了哈得孙河的鲱鱼，鱼贩会打电话给他；肉铺老板会把猪骨头留给他熬高汤。想要“进城”的时候——岛上的居民要去曼哈顿时就会这样说——他就坐上缆车，徒步走过六十多个街区，到唐人街去买什锦砂锅里要用的鸭子，去切尔西的法国肉店里买最优质的北非风味辣香肠。

虽然爱德华和宝拉对这个新社区的历史心知肚明，但对他们来说，罗斯福岛代表着更好的生活。两人重新去探索心爱的曼哈顿，生命中最后那几年，他们一起在中央公园里长时间地散步，去中央车站的牡蛎吧吃晚饭，去剧院看戏。事实上，他们渐渐喜欢上了这座岛，因为精美的晚餐菜式，两人很快就在朋友圈里出了名。人人都求着爱德华，讨要他的苹果挞食谱。我在他的相册和剪贴簿里找到的手写感恩节菜单上总能看到这道标志性的甜品。

他坚持说，秘诀就是碾碎的冰块，就算听到我抱怨也不改口。碾碎的冰块，他重复道，还有猪油。今晚，吃完苹果梨子挞后，爱德华从桌旁起身，拿过挂在餐椅一侧的手杖，慢慢地走向冰箱。他打开冷冻室，取出一块方方正正的白色猪油，小心地用蜡纸包好，在我眼前挥一挥，然后递给我。

“拿去。”他说。

我太感动了，爱德华的礼物饱含着善意，甚至还有深意。我磨磨蹭蹭地穿上沉重的外套和靴子。外面的风雪似乎缓和下来了，但我一点都不想走进寒冷，不想回家。在电梯口，爱德华和我吻别，他简单地说了句：“我希望你快乐，亲爱的。”

我艰难地蹚过积起的新雪，经过静默无声的公共花园和八角大楼。我其实是有目标的，虽然我并没有意识到——直到我走到了岛屿的最北端，也就是那座哥特式灯塔所在的地方，“地狱之门”湍急的河水将此地包围。虽然这座灯塔是小詹姆斯·伦威克在1872年建造的——数年后他设计出了圣帕特里克大教堂——但当地人传说，这座灯塔的灵感其实来自精神病院里的一个病人。

约翰·麦卡锡害怕英国人入侵，所以孜孜不倦地建造要塞，这股勤勉的劲头给精神病院的看护人留下了极深的印象，于是允许他完成这个四脚的黏土构造，或许他们认为这是一种不错的疗法吧。对我来说，一次次深夜的灯塔之旅也有疗愈作用。和之前许多次一样，我径直走向常坐的长凳，在那儿可以望向河对岸的曼哈顿。

但今夜有些东西变了。

空中依然零星飘着雪花，就连“地狱之门”的河水也安静下来。我独自一人，待在覆盖着白雪的河岸上。在风雪过后的宁静中，上东区和哈林区的灯光似乎也变得明亮起来。下意识地，我站起身，掏出苹果手机，插上耳机，在 iTunes 里来回翻找，直到找出一首桑巴舞曲。

突然之间，巴西音乐的鼓点淹没了我。我动动脚步，最初有点犹豫，但一下子桑巴仿佛从我身上涌流而出，我感觉到我的灵魂在舞动——在我的髋部、腹部、臀部和脚上。

我不顾一切地想要打电话给爱德华，想在电话这头对他大喊：“我会快乐的！”但天色已晚，爱德华多半已经睡了。

况且，就算我不说，他也知道。“我希望你快乐，亲爱的”，这句话里并没有问号。在我心目中，这句话里没有半点疑问的成分。这是一个无比笃定的句子，像微笑般简单，也像微笑般复杂。

9

洛克菲勒焗牡蛎

牛油果沙拉佐自制蓝芝士酱汁

柠檬挞

白皮诺

我的转变并非发生在一夜之间。它是渐进的。我依然独自一人沿着东河散步，但如今我把耳机插进手机，开始听音乐。我参加派对，去剧院看戏。我每天跑步十公里，并且开始重读大学时喜爱的诗。

上帝的高贵庄严盈满世间
它因此闪耀，如金箔扬起般璀璨
也恰似被压散的油滴，重新聚拢回伟大身边

“上帝的高贵庄严”？我不知道自己是否认同诗人杰勒德·曼利·霍普金斯的宗教信念。如果说这几年我笃信什么的话，那就是晚餐的高贵庄严。我笃信爱德华的神力。

工作也顺利起来，这令我感到振奋。初来乍到的时候，我完全不熟悉纽约小报的世界。当编辑命我出去“砍棵树”回来的时候，我一头雾水，完全不知道这句俚语的意思是“写一篇头版报道”。他派我去“敲门”的时候，我也照样不懂，原来，他是要我出其不意地去敲潜在受访对象的门。当他咆哮“多找几个约翰”的时候，我不知道如何应对才好，但我很快就摸清了门道。

偶尔，梅丽莎和我会气愤地抱怨工作环境太差。我们都是身经百战的老记者了，岁数已近中年，资历也理应获得相应的尊重，但我们不曾得到过。不过，绝大多数时候，我们都不去在乎这件事，毕竟报社里也没有人得到任何特殊待遇嘛，这也算是种安慰。我们自己找乐子，想办法让工作变得更加愉快。

在对美食的共同热爱中，我们找到了慰藉。每逢出去监视的时候，我们就轮流去买裴卓仙餐厅的可颂面包——油润、有嚼劲、黄油香扑鼻。到法拉盛和皇后区出采访任务的时候，我们就把跟“线人”会面的地点安排在鹿鸣春，这样我们就可以点小笼汤包吃——白色的面皮里裹着肉馅，放在笼上蒸熟，那模样像个精巧的小宝塔。去威彻斯特的时候，我们就去那儿的一家熟食店买鲔鱼三明治——新出炉的、外皮酥脆的黑麦面包切成厚片，夹着切成细丝的生菜和番茄片。这家的东西跟我吃过的所有鲔鱼三明治都不一样，我不确定究竟是因为它真的好吃呢，还是因为只要不待在编辑室里，食物一律都会变得好吃。许多日子里，一日三餐我们都在办公桌前解决。桌子上摞着厚厚的文件，我的桌上还散落着面包渣、小包的亨氏番茄酱，还有用过的咖啡纸杯。

而梅丽莎的桌子，就算称不上一尘不染，也总比我的整齐得多，而且绝对干净得多。她电脑旁放着一瓶洗手液，一天要用好几回。在编辑室的小厨房里放着的急救箱里，她藏了一沓酒精湿巾，用来擦电话听筒。如果我哪天咳嗽或是借了她的电话，她就会这么干。

我们对工作都非常尽心。我们头一回写出突破性封面报道的时候——揭露了皇后区一些贪腐政客并引发了好几拨联邦调查——编辑夸我们简直像电影《总统班底》里的那对搭档[1]，还把我们的姓氏“克莱恩”和“文森特”加在一块儿，叫我们“克莱森特”。那两位用水门事件的报道把理查德·尼克松总统拉下马的《华盛顿邮报》记者鲍伯·伍德沃德和卡尔·伯恩斯坦，在他们报社里就有个著名的外号“伍德斯坦”，两人的绝大多数工作都是这样结对完成的。

我常跟梅丽莎开玩笑说，她就是女版的伍德沃德，气质高贵，身材修长，办公桌总是很干净，文档都收拾得井井有条，就像电影里的罗伯特·雷德福一样。还有一点跟伍德沃德很像的是，我们每次出去也总是她开车，她那辆本田车虽然旧但很干净。当然，她也回敬说我是伯恩斯坦，由年轻的、头发

1 《总统班底》（*All the President's Men*），1976年的美国电影，根据水门事件揭发人、《华盛顿邮报》记者卡尔·伯恩斯坦和鲍伯·伍德沃德的自传改编。

乱糟糟的达斯汀·霍夫曼扮演，性格焦躁，缺乏条理，脑子里满是匪夷所思的新闻点子，总是害她失去耐心。

每当辛苦地工作了一天后，想到每周至少有一次，爱德华和他的晚餐会等待着我，我就会感到分外暖心。今天，当我说起罗斯福岛上的那段生活时，我总会说那是我人生中最糟糕的日子。可是，如果我不告诉你那也是最美好的日子，那我就是在撒谎。这都是因为有爱德华。

有天晚上我去吃饭时，他正在做洛克菲勒焗牡蛎。

“是要庆祝什么吗？”我问。他正把牡蛎放进烤盘，再用黄油和茴香酒拌炒过的菠菜和面包屑盖在牡蛎上。

“需要理由吗？”他回答，声音中的那丝轻快说明我问了个傻问题。“宝拉和我从来不需要庆祝的理由，”他继续说，“我们也从来不互赠礼物，因为我们共度的每一天都是天赐的礼物。”

在我的想象中，爱德华和宝拉过的简直就是神仙般的日子啊，他们的感情太少见也太美好，我大概一辈子也遇不上，我认识的人里估计也没有人有这种福气。初看上去，两人似乎并不般配：他是个南方男孩，家境贫寒，却受到良好的教育；而她是个温文尔雅又有学养的费城犹太姑娘，比他大五岁。但是，根据爱德华第一次见到宝拉时的记忆，他们是一见钟情。那是 1940 年，在格林尼治村的一家剧院里，两人都是心怀抱负的演员，渴望进入普罗温斯敦剧团。

几位创始人在马萨诸塞州的普罗温斯敦度暑假时创建了这个剧团，1916 年，其中几人把剧场设在麦克道格大街上的一幢褐砂石建筑里。剧团的早期成员包括尤金·奥尼尔，还有诗人兼记者约翰·里德。虽说初创团队在 1929 年已经差不多解散了，但当爱德华叩响它的门时，这座剧院依然以独立、试验性的作品而广为人知。不过爱德华心里惦记的显然不只有表演。第一轮选拔的时候，他发现自己同时也在参加另一种试镜，而这次试镜的观众只有一个：他第一次走进这里就看到的那位个子高挑、长着一对棕色眼眸的女演员。

宝拉来纽约是为了当演员，不过她白天的工作是在一家工厂里给廉价珠宝上色。她热爱登台，无论是剧院内还是剧院外。她喜欢恶作剧，有时她告诉别人她是传教士的孩子，在中国长大，有时她又说自己是个秘密特工。

爱德华也梦想着舞台。十九岁那年，八月末闷热的一天，他从纳什维尔坐汽车来到纽约，一路夹在两个身材健壮、如磐石般岿然不动的后排乘客中间，热得直冒汗，身体都僵直了。多年后，他对我讲起那两天的旅程，他还记得车子经过荷兰隧道[1]时他不由得感叹“太神奇了”，也记得他拍拍夹克衫的口袋，那儿藏着一封推荐信和十二美元——相当于今天的二百美元。那是他高中的戏剧老师给他的，在信中，她赞扬他在学校排演的《死神假期》(*Death Takes a Holiday*)中表现出色，那笔钱也是她资助的，帮他在大都市里展开新生活。

1 Holland Tunnel，穿越哈得孙河的河底隧道，把曼哈顿与新泽西州的泽西市连接起来。

爱德华立志要在纽约做演员，但在那个年代，在许多南方人看来，纽约依然像是外国一样，简直就是美国的巴别塔。“当时我们对纽约的全部了解，就是那里的人都来自世界各地，说着不同的语言，”他说，“就像另一个国家似的。”

爱德华的母亲安排他去投奔一个之前跟她在南方做过生意的男人。此人名叫约翰，是个德国移民，住在大学路和第八大道交叉口。抵达纽约的当晚十二点半，爱德华按响门铃，却没有人应。所以他到附近的拉斐特酒店的大堂去，在扶手椅上歇一会儿，结果醒来已是次日清晨。

爱德华返回约翰的住处，这一次，一个瘦而结实的红脸男人开门了。他在约翰家的长沙发上睡了一个月，最后终于在麦克道格大街一座公寓大楼的二楼安顿下来。后来他成了这幢楼的管理员，这份工作让他可以不用交房租，还能自由安排时间。如今，他可以跟真正的演员一起演戏了。去普罗温斯敦的第一天，他遇到了梦中的女郎。

第一次约会时，由于急着想要给宝拉留下好印象，他去买了瓶红酒。销售员推荐的那款法国红酒他买不起，最后买了一瓶“包厘街[1]的流浪汉们喝的甜葡萄酒”。他没有红酒杯，在那个浪漫的晚上，两人碰的是咖啡杯子。

“我问她要不要留下来过夜，她说‘好’。”爱德华不动声色地说。我夸张地表示震惊，他解释道：“我有两张床，要是我让她一个人睡不就太混账了吗，所以我就爬到她身边了。”很快两人就形影不离，在格林尼治村的“龙门客栈”吃五十美分的中国菜，去中央公园散长长的步，同时兴奋地规划着共同的生活。

几个月后，当他们决定去好莱坞碰碰运气的时候，宝拉坚持要以明媒正娶的身份去加州。“我们本打算在市政厅结婚，可是提前去办手续的时候，因为宝拉的出生证明上写的名字是‘珠儿’，那些官僚就不给我们办。说不是同一个人。”因此，动身去西海岸

1 Bowery，纽约的一条街，以低级旅馆、廉价酒吧众多著称。

的前一天，他们在曼哈顿一家教堂接一家教堂地问，希望能说服牧师让他们快点结婚。曼哈顿下城三一教堂的牧师倒是答应了，但让他们一个月后来。爱德华牵起宝拉的手，返回格林尼治村，下定决心要在当天下午把婚给结了。

最后，他们找到了华盛顿广场花园对面西第四街上的华盛顿广场卫理公会教堂，这地方就在普罗温斯敦剧场的街角，他们初遇的地方。

“1994年十一月八日，宝拉与爱德华在这座教堂喜结连理。”爱德华的剪贴簿中，一张说明卡片贴在已经泛黄的报纸照片旁。照片上正是华盛顿广场的那座教堂。两人的朋友兰尼·布莱克当了伴郎。婚礼举行之前，和宝拉、兰尼一起在教堂门口等候的时候，爱德华心想，该付多少钱给主持仪式的牧师才好呢。他怯怯地问，两美元行不行。

“你愿意给多少都可以。”牧师说。面对这年轻的一对儿，他一个问题也没问。

几分钟后，门德尔松的《婚礼进行曲》响彻了这幢罗马式建筑。“宝拉和我都喜极而泣，大家也都松了一口气。”唯一的一张婚礼照片旁，爱德华在说明卡片上这样写道。黑白照片里，宝拉和爱德华都光彩照人。爱德华穿着唯一的一套西装。宝拉穿了一条相当合身的及膝裙子，腰部装饰着褶裥，这是她从朋友米琪那儿借来的。“裙子是红色的。”爱德华说。

那天晚些时候，在去加州的路上，他们在费城停留了一下，去看望宝拉的父母。然后，兰尼和朋友麦克开着他的破道奇，送他们去西海岸。旅程的前半段，他们在蓝脊岭脚下的“皇家前线”过夜。在这个简朴的小旅店里，四人同住一间房，两张双人床。

“我跟她做爱了。”爱德华回忆起那个拥挤的新婚之夜，笑了，“我不知道兰尼和麦克做了些啥，但我等不及要跟她做。”

沉吟片刻后，他蓝灰色的眼睛里泛出泪光。他返身回去继续做牡蛎。“她融化了我的心，”他说，“天堂就是我跟宝拉。”

我们坐下来吃爱德华的洛克菲勒焗牡蛎时——那嶙峋的贝壳上覆盖着厚厚一层碧绿的酱料——我伸手移开葡萄酒瓶，越过面包篮，握住了他的手。

那年，我也以为我找到了天堂。那是在一条君士坦丁堡时期的老路上，一头是贝尔格莱德，另一头是普里什蒂纳，彼时距离北约轰炸前南斯拉夫尚有数周，我正想办法去往科索沃。我的同伴——日后成为我丈夫的男人——是个战地记者，和我一样，他也沉迷于那种肾上腺素飙升的感觉，那种混合着全然恐惧的兴奋感——我们必须说服游击队员才能通过关卡，可除了魅力和一包万宝路香烟，我们什么都没有。

我们开着一辆租来的笨重现代，眼睛里只有对方，根本看不见任何危险，就连车子在科索沃着了火也没觉得怎样。在普里什蒂纳，乌鸫鸟儿在枪声间歇的夜晚婉转鸣唱，裹着黑色皮夹克、面孔黝黑的暴徒挤满了“贵宾饭店”的酒吧，那儿似乎永远笼罩着一层烟雾。我确信，我们的女儿就是在那家酒店的某间豪华套房里怀上的，酒店的外墙上镶嵌着弹孔，屋内的地板上扔着前任房客留下的烟头。

1999年春天，等到北约的炸弹开始落在塞尔维亚的土地上时，我的孕肚已经很明显，没办法继续旅行了。为了宝宝，我们决定离开，国际冲突我们已经看够了。可是，有后院的房子、去家得宝购物、全家一起烧烤，这种正常的家庭生活似乎总是躲着我们。我们无休无止地搬家，直到女儿八岁那年，二月里一个狂风大作的日子，我们发现自己正开着车，穿过荷兰隧道。

就像半个多世纪以前的爱德华一样，我也一边赞叹着“神奇”，一边驶过这条隧道。我打定主意，要努力成为一名纽约的调查记者，自打我十几岁起，疯狂迷上了伍迪·艾伦和菲茨杰拉德之后，我就爱上了这个地方。我渴望在纽约的日报社里工作，想象自己就像电影《小报妙冤家》(*His Girl Friday*)里嘴巴不饶人的记者希尔迪·约翰逊一样，穿着特别有范儿的、四十年代风格的套装，为长得像加里·格兰特一样的编辑工作。

反正我是这么设想的。我完全没有预料到这份工作会有多艰苦，也没想到在《纽约邮报》的记者生涯本身会带来多少挑战。不过在工作中，我向来不怕面对和寻找真相。但生活就是另外一回事了，我总是先做决定，事后才去想——不过如今看来，恐怕我事后也没怎么认真想过。事实上，当我发觉自己在多伦多市政厅里，对着治安官机械地重复着“我愿意”的时候，纯粹是为了走形式。为了能在纽约居留，我们必须使用我的移民签证——发放量很少的O类“杰出人才”签证。O指的是《美国移民与国籍法案》中的101（O）(i）条款，规定了“杰出人才”可以获得美国的承认。但移民局不承认我们的事实婚姻，唯一的解决方案就是正式结婚。

就这样，我发觉自己在二月的一个寒冷阴郁的日子待在婚姻登记处里，即便四处都是不祥的预兆，我还是得重复那些誓言。当天我穿了件黑衣服，而新郎的脸上全程挂着假笑——当时我以为他只是紧张。后来他向我承认，当时他感到自己的人生已经毁了。或许他突然觉得自己被束缚住了，无法再继续摄影记者自由自在的生活。听到这话，我有没有泪汪汪地感到心碎？我不记得了。我想，我大概只是耸了耸肩，继续麻木地过日子。

到最后，婚姻真的成了感情的坟墓。向来如此。

多年前，我曾经在市政厅里嫁给了大学时期的男朋友，虽然我认识的每个人都不看好。

他来自中西部，是英文专业的学生。直到今天，我依然觉得他的纯洁和诚挚十分可贵。结婚是我的主意。他的加拿大学生签证就要过期，结婚是唯一能让他留在此地的办法。我二十二岁生日那天——二月里阴郁寒冷的一天——我们重复着誓言，随后就赶去当地一个酒吧里去看美洲杯帆船赛的决赛。他是个帆船迷，不肯错过这次比赛。蜜月里我们去了魁北克，在那儿我被一只流浪狗咬了。做新娘子的头几周，我遵照加拿大卫生部门的规定，打了一连串的狂犬疫苗。

这桩婚姻结束在几年后，在里约热内卢的一间政府办公室里，那场面就像开始时一样不吉利。我们在那儿当驻外记者，加拿大领事馆设在一幢高耸的大厦里，面对着大西洋的无敌海景，看得见科帕卡巴纳海滩上晒日光浴的游人。在加拿大国旗和伊丽莎白女王二世的照片前，我们签下了分居协议。女王戴着钻石冠冕，穿着蕾丝长袍，面色严峻。或许是我的想象吧，在她那勉强的微笑中，我看到了一丝不满。

爱德华微笑着，听我讲述着头一次结婚和离婚的情景。我一边说，一边给法棍面包涂上黄油，叉起美味的牛油果沙拉。我感到释然。我极少向人说起这件事，因为我担心别人用评判的眼光看我，况且我自己也觉得挺不好意思——我把婚姻当作法律上的便利手段，而不是以爱为基础的神圣结合。但是，当爱德华讲起他对“爱的意义”的看法时，我被他惊到了。之前他也说过这个话题，他向我强调，绝对不要忘记爱情是一种相当现实的交换，是一种交易性质的协议，而且两人之间的“吸引力”基本上从来不会长久。

“吸引力是感情关系的起始，但谁能预测出它会把关系带向哪里？或者它会在何时消失不见？”他说，“事实上，我们会问这些基本的问题吗？恐怕极少吧。”

“生命的需求遇到了生命的需求。”他曾在诗中写道。他把这首描写与宝拉初遇情景的诗寄给了我。如今他重新吟诵起这一句。

“奉献出你的心力与关爱，而不是你自己。”他接下去。

我对爱德华说，关于吸引力的力量，他说得不够坦诚。我提醒他，在某些场合，比如说吧，一杯威士忌和一杯红酒过后，此时的爱中，急切的意味会更加明显，它充满了激情，甚至还会带有绝望的味道。

“有没有人愿意跟你一起裸身站在淋浴下，抱住你，安慰你？”有次他沙哑地低语，语速又快又急，一个个词儿像要绊倒在一块儿，“如果你无法为身边那个人这样做，那你就不算遇到真爱。”

事实上，爱德华一心想要为爱下个定义。他这样做究竟是为了帮我解决问题呢，还是想要努力想清楚他和宝拉之间极为特殊的情感关系，我从没搞懂过。

每天早晨，当他坐下来喝咖啡、吃炒蛋和涂了黄油和杏子果酱的吐司时，就会翻几页字典，按照字母顺序，一个个地寻找可以诠释爱情、加入他的“爱的定义”中的语词。他从 a 字头开始，先是“倾慕”，然后是“疼爱”，从我最后一次看到的进度来看，他刚把 c 开了个头——“关爱”，还有“珍惜”。

“如果你不曾努力去想清楚爱是什么，那你就会犯错。”他端上柠檬挞，那轻盈酥松的饼皮中裹盛着明亮的清酸，还夹杂着一丝若有似无的甘甜。“如果你把自己交给了一个人，却没想清楚这是怎么回事，那你只会主动成为奴隶。”

几天后，我的信箱中收到了一封四页长的信。“什么是爱？像大多数人一样，你纠结着说不出答案，原因很简单——我们极少去试着给它下定义，更别说去理解它了，”爱德华写道，“爱是成为爱本身，而不是从属于某个人。爱是付出也是接受，而非占有。”

我不确定自己有没有完全理解他想要告诉我的东西。但是，爱德华在探寻爱的意义，这件事本身就十分美好。

新年前夜，我终于把那条从萨克斯买来的裙子从收发室里翻了出来。有人请我参加派对。我打算不带伴侣，一个人去。可套上裙子之后，我突然间觉得自己好傻。我就快失去勇气了。但我还是顶住了独自过年的诱惑，我不能窝在沙发上看书，或是看着电视里转播时代广场上等待大球掉落的人潮。

我顺路去爱德华家转了一圈，部分原因是想秀一秀他给我选的裙子。门开着，我就进去了。爱德华看起来很累，颓然坐在客厅的椅子里。时间刚过晚上八点，可他显然已经筋疲力尽。屋里有种不同寻常的寂静——客厅的音箱里没有飘出爵士乐，也没有轻快的法国歌。他总是喜欢跟着唱，却把词儿乱唱一气，因为他从来没机会学法语。公寓里只有窗外呜咽的风声。

但我的到来似乎让他有了精神。等到我脱掉外套，他已经完全恢复了平日的劲头。

“转个身。”他命令道，还领我走到餐厅里镶着镜子的那面墙前。他先是说我的耳环搭配得完全不对，然后我的发型又令他十分困扰。“左边的头发，你应该掖到耳后去，右边的，就让它自然垂下来，”他边说边把我的头发拨弄成他想要的模样，“别总是把头发全捋到后头去。”

他上下打量我一番，叫我把腕表摘掉——“太分散注意力了。”——随后他拄起手杖，一跛一跛地走回卧室，到宝拉的旧珠宝盒里翻找。几分钟后他回来了，手里拿着一条项链，那是一条醒目的棕色珐琅贴颈式项链，是宝拉最爱的一条，他说。

“瞧瞧，”他后退一步，评价道，“你精神极了！”

我站在镜子前，看着自己。项链的效果确实完美，发型也正如爱德华要求的一样，甚至连之前涂上的迪奥唇膏也看上去非常自然。我开始渐渐接受这个全新的自己了。

我看见了身后爱德华的目光，他充满欣赏地看着我——他的改造项目，他的伊莉莎·杜立特尔终于变身成为优雅的淑女。

“你知道吗，爱德华，我希望自己能有福气，遇上一个跟你一样的男人。”我对着镜中的他说。

爱德华好似吃了一惊，突然脸红起来，不知说什么才好。我们的视线在镜中相遇，一阵长长的沉默。“我不希望你迟到。”他最后说。他缓慢地帮我穿上外套，然后取过手杖，默默地送我走到电梯口。

“新年快乐！”电梯门突然打开时，我说。

“打起精神来，孩子，”他说，“你非常棒，样样都好。”

“还有，”他停下来，伸手帮我把头发捋顺，“去迷死他们。”

10

煎鳕鱼佐蒸菠菜

新鲜番茄配罗勒青酱

盐之花焦糖

土耳其咖啡

灰皮诺

爱德华端出国外进口的盐之花[1]焦糖，动作中带着几分得意。

“这是梅根送的。”他郑重其事地盯着我，仿佛是要确保我听明白了。

我们刚刚吃完了一顿简单的晚餐——以爱德华的标准算是简单：新鲜鳕鱼放在橄榄油中嫩煎，淋上少许白葡萄酒，放在铺好的蒸菠菜上；番茄切片，配上爱德华亲手制作、飘散着浓郁坚果香气的罗勒青酱。

艾拉·菲茨杰拉德在背景里唱：“喔，那鲨鱼长着漂亮的牙齿，亲爱的；它露出那珍珠般的洁

1 fleur de sel，法国中西岸盐田的特产名贵海盐，质地轻盈，味道层次非常丰富。

白……”

桌上还有半瓶灰皮诺呢，他就开始催我品尝梅根的盐之花焦糖了。它们是“手工精制”的，每颗都包着银色的玻璃纸。刚刚寄来的。

好吧，可这位梅根到底是谁？

爱德华露出狡黠的微笑。“你知道的，跟我通信的女人可不止你一个哦。”他挤挤眼。

我吃了一惊。他这是在妒忌吗？最近我没像以前那样常来了，他感到被冷落了吗？这阵子我一直忙于工作，同时还得寻找新住处。罗斯福岛上的租约终于到期了，我迫不及待地要搬回对岸的曼哈顿去。当然，这也意味着我大概没法像以前那样，经常能见到爱德华了。

所以，或许我才是妒忌的那一个吧。我知道爱德华也有其他女性朋友，但我以为她们全都是有家有口的那种，比如绝大多数都是他相识多年的街坊邻里。

梅根是个外国女郎。但他肯定跟我说过他们是怎么认识的、为什么会通信。或许最近我过度埋头于搬家的事儿，在婚姻留下的废墟里翻捡，每天上班前和下班后都忙着收拾打包，以至于没留心听他说话。突然之间我想起来了，梅根是个做平面设计的艺术家，大约三十来岁。难怪她会觉得爱德华有魅力。

人人都这么觉得。爱德华从来不缺粉丝。其中有位名叫泰德的建筑师，也住在罗斯福岛。他俩的关系非常亲近，爱德华有次说过，如果他有儿子，就应该是泰德那样。爱德华叫他“亲爱的”——爱德华对所有的好朋友一律都称呼“亲爱的”，不管对方是男还是女。他教泰德撬牡蛎。泰德是个非常潇洒有型的中年男士，光头，性格开朗，脸上永远留着一层薄薄的胡茬。每当爱德华看见泰德，就会亲吻他的双颊。

“记得提醒我教你刮胡子啊，泰德！”爱德华在画廊里看见他时说。罗斯福岛上这个小小的社区画廊是泰德开的，爱德华带我过去，得意地把他自己做的雕塑指给我看。那是一个构思巧妙、制作精致的人类DNA 模型，是他用装鸡蛋的纸盒和铁丝衣架做的。

“纯粹是为了好玩，逗乐的啦！”他说。

也是在这家画廊里，另一个展览的开幕式上，爱德华介绍我认识了一对情侣，两位我从没见过的男士。爱德华亲切地吻了两人。那天他穿着翻边袖口的白衬衫，打着一条格子领带——那是他用圣诞礼物上的装饰缎带改成的，外穿一件蓝色休闲西装，脚上是一双擦得亮晶晶的棕色牛津鞋。

“爱德华要当我们的伴郎了！”其中一位兴奋地说。秋天他们将在圣马可教堂举行婚礼。这位九十三岁的南方绅士即将在纽约史上首批同性婚礼中担任重要角色，对此我一点都不感到惊讶。

我不感到惊讶的还有一件事：爱德华开始邀请朋友们过来跟我们一起吃晚餐，渐渐地，他的客厅和餐厅变成了艺术与文学的沙龙。如今，他的活力绝对恢复过来了，不再像宝拉刚过世后那段时间，勉力支撑着活下去，而是开始享受欢乐。每逢这种请客的机会，他就叫我过来给他当二厨——只有此时他才会允许我进厨房帮忙。

“这样摆盘不对。”他批评我。我正把生菜放进盘里，在每个沙拉盘中浇上他亲手做的油醋汁。

聚集在爱德华家的橡木餐桌前的，常常各种人都有，有时客人的组合甚至还会有几分古怪。其中有位六十六岁的捷克艺术家，一头椒盐色的长发扎成马尾，他的美国太太是电视制作人，比他年轻二十岁左右，留着又长又直的黑发，身穿紧身牛仔裤。这位艺术家在二十世纪七十年代逃离高压的捷克，移居纽约。有次晚餐聚会上他告诉我们，他曾经为了一个艺术项目而花了好几年时间调研曼哈顿的性爱俱乐部。他说，在几天前开幕的联合国大会上，他受邀参加一个活动，在媒体拍照时段，捷克总统一把抓在太太的臀部上。

每个人都笑了，除了坐在他旁边的那对阿尔巴尼亚夫妇。他们来自黑山，跟随1999年北约轰炸前南斯拉夫的那场难民潮来到美国。他们住在罗斯福岛上，四邻全是塞尔维亚人。他们说，住在那些人中间令他们感到不自在，因为那丑陋的、曾经在巴尔干半岛挑起连年冲突的塞尔维亚民族主义又跟随他们来到了纽约。

还有那位带着长岛口音的牙医，他曾经在爱德华家这幢大楼的一层开了间儿童牙科诊所，现在依然跟太太住在一楼的公寓里。在电梯、大堂或游泳池遇到他们之后，爱德华经常会邀请他们过来吃晚餐。

有天晚上，捷克艺术家告诉我们，他第一次来爱德华家吃晚饭时感动得哭了出来。他说或许是因为爱德华做的烤肋排或柑曼怡舒芙蕾太美味了，但是当爱德华把烤肉切开时，捷克艺术家瞬间被感激之情淹没——老先生年纪这么大了，却这么慷慨，愿意花那么多时间和精力来准备晚餐。

“我喜欢享乐嘛。”爱德华说。

今晚，当我们品尝着梅根送的盐之花焦糖时，我意识到我并不是出现在他生活中的唯一的单身女子，他身边的迷妹也绝对不止我一个。比如他的隔壁邻居苏珊，是个女帽店老板娘，在麦迪逊大街上开了一家时髦的精品店，爱德华会定期邀她来吃晚饭。她经常跟丽塔一起来。丽塔是泰德的太太，但有时会独自过来吃饭，不带先生。她是个做平面设计的艺术家，说话时喜欢拖长音，带点外国腔调。她经常会带着精美的巧克力、成盒的马卡龙或鲜花来拜访爱德华。她留着露易丝·布鲁克斯[1]式的波波头，爱穿明快的白色亚麻宽松衬衫，戴醒目的珠宝。来吃晚餐时，她会径直走到冰箱前，自己动手斟上早为她预备好了的马提尼。她把沁凉的鸡尾酒倒进爱德华预先冰过的玻璃酒杯中。

“哦，爱德华，味道好极了。”她会这样说。她一边品着马提尼，一边揭开炉子上的炖锅盖子往里瞧。“今晚给我们做什么吃啊，爱德华？”

每年的感恩节，爱德华和宝拉都是跟丽塔和泰德全家一起过的。他和宝拉把泰德家的两个孩子当成亲孙子看待。丽塔和泰德的女儿伊莱扎在大学宿舍里突发动脉瘤去世的时候，爱德华伤心欲绝。多年以后，提起她的死，他依然泣不成声。

回想起来，有多少人曾被爱德华感动过啊，那些看似随机与他相遇的人——等地铁 F 线的时候，曼哈顿中城的鞋店里，他家附近肉铺的柜台前，甚至还有

1 露易丝·布鲁克斯（1906—1985），美国女影星，是默片时期最妖艳最有灵气的女孩，著名的波波头发型被当时的少女争相模仿。

做完外科手术后的病房里。爱德华能看到人们身上的特别之处，而且他有个独特的本事：他能让认识的每一个人都把心底埋藏得最深的故事说出来。当我终于搬离罗斯福岛之后，我怀念那些不必打招呼就能径直上楼看望他的日子，听他讲述遇到的某个人的故事。有天晚饭时爱德华把他的爱尔兰邻居、另一个梅根的故事讲给我听。在肉铺里，她向他讲起在爱尔兰的贫困童年。六岁时，她曾经偷了一个先令。当时他们正聊到小说《安吉拉的灰烬》，梅根在跟爱德华解释，作者弗兰克·迈考特对爱尔兰贫困生活的描写是多么真实。

“我小时候，有天独自一人去了教堂，”她告诉爱德华，“我坐在长椅中间，一个我认识的女士进来了，走到圣坛的围栏旁。”梅根接着讲述那位女士如何跪下、祈祷，并在点燃蜡烛后往奉献箱里放了一枚硬币。可硬币没投进去。“我看着它掉到了地板上。它滚啊滚啊滚啊，最后停了下来。”梅根捡起了硬币。

“你有没有替她放回去？”爱德华问。

当梅根告诉爱德华她把硬币揣进了口袋时，她几乎眼泛泪光。这仿佛是事过五十年后意义重大的忏悔。她用那枚钱买了一条面包。“从那以后我一直心存内疚。”她说。

爱德华问她是不是天主教徒。

“嗯，我曾经是，”梅根告诉他，“但我现在什么都不信了。”

爱德华不同意她的话。她依然“受到天主教的影响”，而且是“以积极正面的方式”。

“受到影响，是的，”她对爱德华说，“我喜欢这个说法。”

爱德华被梅根的故事深深打动了，他把它亲手写了下来。改到满意之后，他请瓦莱丽打印了出来。

爱德华说，把遇到的这些人的故事写下来，会让他感觉到自己在真真切切地活着。他说，他需要把自己的经历记录下来，因为这会提醒他，他依然是一个能够被深深打动的人，即便他明知年届九十的自己已经时日无多。有次他向我坦承，他知道自己再也不会跟女人在一起了，再也不会感受到女人的身躯在床上向他贴近，再也不能领略双腿交缠、胳膊环抱着紧致的腰肢、把头靠在一个温暖肩头休憩的感觉。在那充斥着强烈绝望的一刻，他告诉我，如今他在热水淋浴中寻找慰藉。他向我描述滚烫的热水倾泻而下，冲在他患了关节炎的双手上，那感觉犹如“高潮”。身体上的亲密已成过往，爱德华知道，但他依然会热情地投入生活，而且他下定决心，要继续做那些能让他体会到活着的感觉、对别人有用的事情。

“遇见宝拉的时候，我不觉得有什么事是我做不到的，”端上咖啡之后，他对我说，“我浑身上下充满自信。我不介意亲手换洗床单。宝拉瞧见后说‘没人会这么干吧’。”认识爱德华之前，宝拉只见过那种夸夸其谈的男人，就是那种坐在第七大道和第十四街路口的布伦海姆咖啡馆里的知识分子，抽着烟，一杯接一杯地灌咖啡，只会高谈阔论，把打算干的事儿统统扯上一遍，却一件也没干成过。爱德华可不是这种人。他会做家具，会种菜，还会裁衣服。

而且呀，根据我渐渐了解到的，爱德华依然是当年的他，没有什么是他做不到的。

11

鲜虾玉米浓汤

青口贝佐蛋黄酱

奶油霜巧克力蛋糕

缪斯卡黛[1]

1　Muscadet，也译作密斯卡岱，是法国卢瓦尔河谷的一种白葡萄酒，使用的葡萄品种叫作勃艮第香瓜（Melon de Bourgogne），非常适合搭配虾子、生蚝等海鲜料理。

“我跟他们说实话来着：我今年九十三，而且有二十年没干过这个了。”爱德华说。

我们坐在爱德华的餐桌旁，桌上摆着两大碗香浓柔滑的鲜虾玉米浓汤，还有酥脆的法棍厚片。爱德华为我俩各自斟上一杯清雅的缪斯卡黛，立即宣布了他的大新闻。

前两天爱德华接下了一个几乎不可能完成的重大任务：翻新邻居家的古董沙发，把软垫全部换掉。或许他也担心这事有点莽撞，但是，当我追问他为何要揽下这么个大工程的时候，他说：“伏尔泰说过，工作是教人免于自杀的良药。”

邻居史蒂夫和丽诺尔原本不好意思求他，是他主动去说服人家的："我跟他们说我想试试看，如果我做成了，他们能省下三千美元呢。"他跟他们一道去了下东区的扎林面料商场，一起在成匹的织花锦缎与丝绸中挑选。遇上双手因关节炎而肿痛不已的时候，他都没法拿剪刀裁开厚实的布料，这时候他就放慢速度，休息一天。或者两天。有时候三天。但他始终没有放弃。

此时，我也遇到了沙发问题，问题就出在搬离罗斯福岛的那天。我在中央公园南边一幢二战前修建的大楼[1]里租到一套公寓，房子很小，只有一个卧室。我本不愿意去看那套房子的，却拗不过住在那幢楼里的一个朋友。我担心它面积太小，不适合汉娜和我。那套房子能俯瞰中央公园，原先的住客是个艺术家，在那儿住了三十多年，现在她要搬回中西部去了，想找个人续租，我会感兴趣吗？

结果我一看就爱上了，迫不及待想要搬进去。那位艺术家在女儿离家后，把小小的卧室改成了工作室。

1　pre-war，一般指的是修建于1900年到1940年的房子，纽约及周边地区有许多中高档公寓都属于这一类，空间敞亮，带硬木地板，细节装饰精美。

她把油画和水彩作品——其中有些是三点六米的巨幅画作——存放在大房间里的滑动书架上。这个顶天立地的书架把空间分隔开来，这样她就有了一个私密的睡眠区、一张桌子，以及放得下一张小餐桌的客厅。厨房十分迷你，装着富美家台面，还有原装的白色碗柜。

“住在这儿会对你有好处的。”我们见面后没多久，画家说。她八十多岁了，我答应帮她把几十年来的水彩作品、蒙尘的书籍，还有古董银器打包。熟识之后，我发现我俩有许多共同之处。当年，她离婚后带着年幼的女儿搬进这间公寓。在法国生活时她认识了一位上年纪的女士，从那位女士那里她汲取到许多力量，并决定把这段经历写成回忆录。当我脱口讲起我最近的分居以及和爱德华的友谊时，她微笑着自信地说：“没有巧合这回事哟。”

我正在开启全新的生活，所以面临的这个难题居然有几分合情合理：当我竭力想把旧家里残留的东西塞进新公寓时，还真不合适——尺寸有问题。我的沙发特别大，正是那种室内设计师称之为“重点大件”的东西。

它的设计灵感源自查斯特菲尔德伯爵，反正当我赞叹那气派的雕花桃花心木扶手时，古董店老板就是这么讲的。

这个沙发是我跟丈夫买的第一件家具，后来我们把它蓝白相间的印花棉布垫子换成了爱马仕的橙色绳绒面料和奶油色的仿麂皮，还把填充物换成了鹅绒。恢复了昔日的华美风采之后，它跟着我们辗转过三个城市，装点着我们的家。但在我们分居之后，它变成了一个沉重的负担。它太大、太笨重了，连新家的门都进不去。

搬家时我们已经分居，但依然身陷在苦涩的法律大战之中，纽约州高级法院民事法庭的办事人员委婉地称之为“有争执的离婚”。要到一年之后，离婚手续才正式办完。当我告诉朋友们，我在中央公园对面那幢装饰艺术风格的宏伟大楼里租了一间公寓的时候——而且就是1978年版的电影《超人》中，露易丝·莱恩[1]住的那幢楼哦——他们当时就震惊了。在电影中，超级英雄把这位《星球日报》(*Daily Planet*)

1 Lois Lane，电影中超人的女友。

的女记者从她家楼顶的平台上接走，带着她在自由女神像上空来了一次夜空巡游。

这幢纽约的地标建筑，也是法国飞行员兼作家安托万·德·圣－埃克苏佩里曾经的家。1941 年到 1942 年间他住在此处，创作出了《小王子》。据一位传记作者说，圣－埃克苏佩里曾经在屋顶的平台上度过了许多时光，梦想着重返飞行员生涯，还折了许多纸飞机掷向公园。我也渴望这么做，梦想着一架架纸飞机从屋顶飘出，掠过在中央公园南大道上疾驰而过的出租车，融入眼前铺展开来的那片连绵绿意。

一群人高马大的搬运工一连忙活了好几个小时，把一个个装满书籍、碗碟、鞋子的纸箱——全是我的身外之物——搬进新家刚粉刷好的客厅里。他们把沙发留到了最后。单把它从货梯搬到走道，就用了四个大汉。搬运工们被这个又大又笨重的家伙压得龇牙咧嘴、满头大汗，他们调换了很多个角度，希望能把它塞进门里。可就是不行，就连把大门从门框上拆掉之后也还是进不去。楼管被请过来监督这场精妙的操作。

大楼经理也赶过来出谋划策。我家门外渐渐聚集起一小群人，遛狗或购物回来的邻居们也停下来驻足观看。有人说，把沙发吊起来从窗户抬进去吧，可窗户尺寸也没法容纳这个硕大无朋的沙发。

楼里的一个杂务工建议把沙发拆开。但它太古旧了，搬家工人的领队反对这个主意，万一拆开后装不回去呢。这里可是纽约，他显然有理由担忧把一个昂贵古董大卸八块后潜在的责任问题。

我失去了耐心，不打算要这个沙发了，但帮我搬家并目睹了全过程的朋友莎芭坚持认为它太贵重，可不能扔掉，她建议我找个地方把它储藏起来。于是乎，搬家工人们再次把这家伙拖回货梯，重新抬到货车上，然后把它运到了布朗克斯区一个满是灰尘的仓库里，从那天起它就一直待在那儿了。

折腾完沙发之后，大家都散了，只剩我一个人留在新家里。在夏日傍晚的寂静中，阳光从俯瞰着西五十八街的后窗中倾泻而入，我坐在地板上，身边是一堆一堆的纸箱。我感到一阵蚀骨的孤独，还有——

没什么不好意思承认的——一点点惧怕。

于是我给爱德华打了个电话，他把当天如何给邻居家沙发钉布料的故事讲给我听，逗我开心。挂上电话后我有没有马上去拆包整理厨具，现在我已经记不清了。但我能确定的是，我动手整理的第一个房间，就是那个小小的厨房。楼下的空调外机开着，震得厨房的窗户嗒嗒直响。当鸽子落到窗沿上歇脚的时候，我开始做饭。

我从夏天一直做到秋天。我把甜菜削皮，做成冷罗宋汤，把手指都染成了紫色；我从农夫集市上买来黄瓜和祖传番茄，切成小丁，做西班牙冷汤。等到天气转凉，我用小小的、绿色的法国兵豆做成炖菜，加入新鲜百里香和月桂叶提味，搭配煎烤过的北非风味辣香肠、松脆的法棍面包、醇厚的阿根廷马尔贝克葡萄酒。我用爱德华教我的方法做纸袋烤鸡，用酸奶油和柠檬皮做我妈妈以前常做的磅蛋糕，把黄油面团夹在两张烤纸之间擀开，做成爱德华式的水果挞。有时候，如果有剩菜，我就带到办公室去吃。

“你快变成我奶奶了，”梅丽莎说，“别再给人塞吃的了。”

搬进新家没多久，飓风艾琳袭击了纽约城。狂风在窗外咆哮，大雨瓢泼而下，可我睡着了，错过了大部分的惊心动魄。次日清早，我套上雨衣和雨靴，出门找咖啡喝。除了附近的埃塞克斯酒店，所有的店铺都关着门，三三两两的住客在大堂里转来转去，瞧着外头的雨。

我决定去调查一下城里的损失状况，于是就去找莎芭。我在曼哈顿的朋友中极少有人有车，她就是其中之一。莎芭是个波兰裔阿根廷作家，也当过演员，年轻时酷似让娜·莫罗[1]。成年后她绝大多数时间都住在曼哈顿，华丽的公寓里摆满了家族老照片，还有她满世界搜罗来的小物件。她的咖啡桌上有种凌乱的美感：一个从中央公园里捡来的鸟窝摆在显眼的位置，旁边还放着贝壳，以及一封镶了镜框的信——那是阿根廷作家博尔赫斯写给她父亲的，感谢她父亲做了一次高质量的采访。莎芭的父亲是波兰最优秀的驻外记者之一，举家搬到美国

1　让娜·莫罗（1928—2017），法国女影星、导演。因特殊的美和鲜明个性而著称。

后，他成了一家阿根廷日报驻联合国的通讯记者。

在莎芭家里我度过了许多个愉快的晚上：在火苗跳跃的壁炉前听哀婉的意大利歌曲，把她的咖啡桌收拾出地方来，摆上切得薄薄的塞拉诺火腿和曼彻格芝士，她很喜欢用这些招待客人。她对任何事情都很感兴趣。有一次，我们成了布鲁克林一家也门餐馆仅有的女性客人，在那儿我们吃到了装在赤陶罐子里、埋在地下烹熟的羊肉。如果有谁愿意在飓风天里开车穿越曼哈顿，那必定是莎芭无疑了。

飓风过后的那个早晨，我们开车穿过一派超现实景象的曼哈顿——西五十八街上的俄罗斯茶室门口，沙袋一字排开；摩天大楼的玻璃窗上贴着固定胶带。在小意大利，打扮入时的时髦男女蹚过洪水横流的街道。开着莎芭那辆破旧的米色轿车——副驾驶那边的后视镜用胶带粘在车身上，就快掉下去了——我们觉得自己就像是城市版的塞尔玛和露易丝[1]，只不过身上淋了

1　电影《末路狂花》中的两位女主角。

雨，泥水要更多一点。车窗大开着，我们的头发在强风中飞扬，跟着车上伊迪丝·琵雅芙沙沙作响的磁带，我们高声唱道：“不，没什么！不，我一点都不后悔！”[1]

我尽情享受着全新的自由感觉，慢慢地，按照爱德华的食谱做菜时，我也开始加入了自己的想法。做他教给我的“圣约翰炒蛋”时，我会放几片咸香的菲达芝士进去。有时我会加一大勺红酒醋，代替牛奶或鲜奶油。但不管加入什么配料，我绝不会把蛋汁一下子全倒进锅里。我会分成两步做，有时候是三步，炒出来的蛋总是蓬松又完美。

当我在曼哈顿和皇后区徒步逛店，寻找食材的时候，我变得颇为挑剔，没准程度比爱德华尤甚。在东村那间小小的芝士精品店里，我跟店员吵嘴——我希望帕尔玛火腿切得像烤纸一样薄。要是他们不肯按照我的标准切，那我宁肯掉头就走。你不能把厚片的帕尔玛火腿端上来呀，那就完全失去意义了！

1　这两句歌词原文为法语：Non, rien de rien; Non, je ne regrette rien! 出自琵雅芙的歌曲《Non, je ne regrette rien》。

爱德华是不是教出了个怪物啊？

在哥伦布圆环附近，法国大厨丹尼尔·布鲁开的同名食材店“布鲁美食铺”里，我找到了北非辣肠。香肠好吃至极，可当他们开始收我的税时，我掀起了一场小小的革命。他们不肯按照纽约的税收规定给生制食品免税，于是我写了一篇报道发在《邮报》上。即便在文章见报、税务局的工作人员暗访两次过后——我的报道发出后，他们扮作买香肠的客人前去调查——布鲁大厨仍然不肯让步，坚称是我错了。后来他的态度和缓下来，承认了自己的失误，还打电话向我道歉，说不该为了辣肠向我收税。

我开始张罗晚餐，邀请朋友们来家里吃饭。我从亚马逊网站上买来白色的“郁金香桌”[1]，在上面摆满从爱德华那儿学来的菜式——鸡排、撒了佩科里诺芝士的烤球茎茴香、鲜虾玉米浓汤、杏子舒芙蕾。大家

1 tulip table，著名的芬兰裔美国设计师沙里宁在1956年设计的作品，优雅清秀的桌脚配上圆形桌面，充满简约的现代感。

围在圆桌前大快朵颐。

虽然新家比原先的住处小，我却发现我的生活圈子扩大了许多。我定期邀请朋友们来吃晚饭。“流放”到罗斯福岛上的那段日子，我们几乎没有娱乐活动，总是有各种各样的借口：家里不够整洁、我的厨艺远远达不到岛上那些塞尔维亚太太们的水准——她们会做包心菜卷那样的复杂菜式，还有撒满糖霜、夹着蜜饯的甜可丽饼。

但我不再把自己跟罗斯福岛上那些主妇们相比。即使我出了错，我也不在乎。我喜欢下厨做饭，喜欢招待朋友。如今我每周都要请客一两次，我的公寓向所有人开放：邻居、过来喝红酒的失恋朋友，还有我女儿的小同学，他们从我这个新爱好里得到灵感，在我生日时给我做了一顿惊喜大餐：罗勒青酱意大利面、油醋汁芝麻菜沙拉，还配有一杯红酒。

在来我家参加新年前夜聚会的路上，一个朋友甚至向女友求了婚。鲍伯和凯伦喜气洋洋地进了门。凯伦给大家秀她的新钻戒，鲍伯把他特地为这顿晚宴烤的面包切成片。我们用超大号的托盘盛放腌鳕鱼和新土豆，汉娜端了成盘的食物回房间，招待一个过来看她的圣诞礼物的小朋友。鲍伯和凯伦在南卡罗来纳上高中时就认识了，年过六旬、各自的婚姻都失败之后，两人又再度重逢。

凯伦是一名曼哈顿艺术商人，住在公园大道上一所摆满艺术品的精致公寓里。鲍伯是个工程师，曾在太平洋海岸边的森林中亲手为自己盖了所房子；他会用织布机织出漂亮的围巾和毯子，还会酿葡萄酒。我刚认识他那会儿，他送了我一条专门给我织的大披肩，还有一个蝴蝶标本——这是灵魂的象征，他说。就在那一周，当我去美国自然历史博物馆的蝴蝶温室参观的时候，我欣喜地发现，一只蝴蝶飞过来落在我的肩头。那一刹，我感受到了上天的眷顾与赐福。

我们举起手中的凯歌香槟，庆贺凯伦和鲍伯订婚。这瓶酒是另一位朋友从时尚拍摄现场“抢救”出来的。迟些时候，大家一同爬上楼顶平台，去看中央公园的焰火。没人在意掠过脸颊的寒风，大家都凝视着上西区上空那迸发闪耀的缤纷色彩。

“我永远不会忘记这个晚上，”凯伦说，“好像有魔力似的。”

几个月后的一个夏夜，嚼着蘸了黄油和盐的小萝卜，趁着阿尔巴利诺葡萄酒带来的微醺，我们一群朋友在屋顶掷起了纸飞机。我们在纸飞机上写上淘气的字句，欢呼着把这些会滑翔的纤薄小东西放飞。它们歪歪斜斜地冲了出去，有些立即一头扎进了楼下熙熙攘攘的人行道上，但有几架乘上了微风，在空中滑行了好一阵才落入车流。没有一架成功抵达公园，但我们不怕。我们下定决心要好好练习折纸，直到能折出一个能够御风而行、一路飞往公园的小飞机为止。

对于我们在屋顶上的努力，圣－埃克苏佩里会怎么说？毫无疑问他会赞同。正如他在《小王子》里写的那样：“只有用心才能看见事物；重要的东西用眼睛是看不见的。”

但所有这一切都是几个月后的事。如今，在爱德华家里，他在杯中添上缪斯卡黛，我俩都讲完了各自的沙发故事。

爱德华成功地为邻居翻新了沙发。他们欣喜若狂，想要回报他的善意。他拦住了，说送一瓶苏格兰单一麦芽威士忌就足够。“我告诉他们，要是我想寻找感激（gratitude），它就在字典里的g字头下面，”爱德华说，“要是我想寻找认可（validation），就在v字下面。”

我把甜品盘中最后一点巧克力蛋糕的渣渣捡起来吃掉。爱德华做的蛋糕是我吃过最轻盈的。他告诉我，蛋白要打到湿性发泡，才有这种蓬松的口感。就在此时，他吃力地从椅中站起身来，可盘中他给自己切的那块蛋糕还一口未动。毫无疑问，他是要送客了吧。毕竟现在已经晚上八点了，他大概想睡觉了。

但他让我吃了一惊。他到客厅去，取来一张宝拉的黑白照片给我看。我从没见过这一张——那是一张肖像，照片里的宝拉二十多岁，年轻漂亮，洋溢着自信，栗色的齐肩短发梳成海蒂·拉玛[1]在影片《阿尔及

1 海蒂·拉玛（1914—2000），美国影视女演员、发明家。她曾是艳绝一时的大明星，被称为“世上最美丽的女人”，同时还发明了无线电“跳频技术”，成为如今CDMA技术的基础。

尔》(*Algiers*)中的样式。婚后没多久，他用一台四美元的箱式照相机拍下了这张照片。比起他贴在客厅和餐厅里的那张下巴微微扬起的彩照，这张褪色照片上的倩影要年轻得多。

“宝拉不一般，她有一种诱惑力。”爱德华有次对我说。我立即就意识到了这个词的重要性，而且爱德华是有意从科尔·波特那首《你的一切》的歌词中摘出来的。这是宝拉最喜欢的一首歌，也是她临终前一日对他唱的那首。在这张照片中我看到了那种诱惑力。爱德华一直想把它镶到相框里，却迟迟没有动手。她过世后，一连几个月，这张照片就放在他的小桌上，跟一摞摞信件、账单和他手写的食谱叠在一起。前一周，当他把它找出来的时候，他不再像以前那样伤心了。他终于有勇气把它拿去镶上。他带着照片到河对岸曼哈顿的史泰博文具店去配衬垫。现在，他要告诉我那天发生了什么。

“有什么能帮您？”说话的姑娘二十多岁，高挑，轻盈，浓密的棕色头发衬托出精致的脸部轮廓和光洁的肌肤。爱德华把宝拉的照片拿给她看，请她帮忙选个合适的衬垫。

“她可真漂亮！”年轻姑娘盯着宝拉的肖像照。

受到鼓励的爱德华几乎忘了他来店里做什么。他开始讲起他们的故事：他如何认识了妻子、这张照片背后的历史——他是如何在加州的海滩上拍下这张照片，彼时，他俩都还深信能够在好莱坞打出一片天下。

随后，由于发觉这个姑娘听得异常专注——她聪敏、漂亮，发自内心地对他的人生故事感兴趣——爱德华就问她喜不喜欢读诗。

“哦，我太喜欢诗了！”

付过衬垫的钱后，爱德华记下了姑娘的地址，这样就可以把他最近写的几首诗寄给她看了。他问姑娘叫什么名字，听闻答案的那一瞬，爱德华的心仿佛停跳了一拍。

“宝拉。”她说。

12

烤羊排

烟熏猪脚炖西洋菜心

玉米面包

马卡龙

马尔贝克

当爱德华打电话给我，说他做了一锅烟熏猪脚和西洋菜心，已经放在炉子上炖了一整天的时候，我就知道，他怀念在南方时的生活了。他还打算做玉米面包，他说。来吃晚饭好不好？他知道我无法拒绝这个邀请，但是当我走出罗斯福岛的地铁口，朝着几个街区外他住的那幢楼走过去的时候，我想知道，是什么让他忽然怀想起纳什维尔的童年时光。

“时间过得太快了。”他用一条厨房抹布裹住热烘烘的盘子，刚从烤锅中取出来的羊排在上面滋滋作响。

我咬下淡粉色的烤肉，上面沾着油亮亮的新鲜迷迭香叶子。深绿色的西洋菜心微微带着清苦和烟熏味，软烂得根本不用嚼——真的是入口即化。玉米面包口感紧实、微甜，跟羊肉的膻香和蔬菜那带着烟熏味的甘腴恰成绝配。

我放下刀叉，直接上手抓起羊排，把骨头边儿上的肉都啃下来，一丁点儿也不能放过。当我终于吃完抬起头来，我告诉爱德华，我同意他说的，时间确实过得太快了。认识这位可爱的老先生已有三年多，如今我已经正式办完了离婚手续，女儿也飞快地长成了少女。

但爱德华摇摇头。不，他说，他不是这个意思。他的意思是，他知道时间正在流逝，但有些在死前想做的事情，他没有精力去做了。他站起身来，收拾桌子。

他很久没有提过死了。到底出了什么事？

这周早些时候，爱德华参加了一位朋友的葬礼，而且就在前一天，一直为他看病的医生也去世了。所以，死亡再度出现在他心间。

“我死之后，可能会办一个追思会，我希望你到时能说点什么，”他语调平静，“你那么了解我。”

当然是这样。爱德华早已说得非常清楚，他不要葬礼，而且他不希望把追思会弄得悲伤或情绪化，当然也不要有宗教色彩。他十分钦佩他医生的做法：威尔·格罗斯曼被诊断出癌症并决定放弃治疗后，给所有的朋友们写了一封信，一一道出他们对他意味着什么，然后跟大家体面地道再见。

“他非常有尊严。”爱德华说。他已经开始为医生写诗了。在爱德华看来，尊严就意味着一个人向来寻求真相，并且诚实、正直。威尔显然是其中的佼佼者。

由于爱德华的朋友和家人都开始渐次离去，他最近参加了很多次葬礼，对于其中的绝大多数他都颇有微词。比如说，他的朋友、罗斯福岛上的邻居迈克·迈克尔斯，过世时九十一岁。

“他的家人站起来发言，可他们太情绪化了，”爱德华抱怨道，“想要表达敬意，或是讲述他的生平故事，这样可不行啊。”

爱德华认为迈克应当以另一种方式被大家铭记，于是坐在后排的他询问逝者的家人，能否让他说几句。在六十多位前来吊唁的宾客前，爱德华站起身来。几分钟后，每个人都在笑声中怀念起这位老人：他是家里最小的孩子，上面有五个姐姐。他出生后，终于得子的犹太父母高兴坏了，所以总是用意第绪语宠溺地叫他“布巴拉”。爱德华告诉大家，数年之后，他们家几乎没人记得他的真名了！这就是为什么大家都叫他迈克·迈克尔斯。

“我们所拥有的，就只有我们的故事而已。”爱德华说。

我记得有次晚餐时丽塔说过：“知道吗，爱德华，我过来吃晚饭，但我其实是来听故事的。”我们都是为了故事而来。爱德华就是我们的山鲁佐德[1]。在我俩的晚餐之约上，绝大多数时候，爱德华都有故事急切地想讲给我听。他说起他在美国南方的生活，给我讲述客厅书架上的银相框里主人公的故事。有位叔叔，世纪之交时成了古巴的糖业大亨；一位曾祖父在密苏里州枪杀了一个人后逃到了墨西哥，此后一辈子都在潜逃中度过；一位姨母被人带到讲坛前，因为

1　Scheherazade，《天方夜谭》中擅长讲故事的女主人公。

她的牧师父亲在布道时突然失声，原来是喉癌影响到了声带。

如今，谁来讲述爱德华的故事？人们会不会轻易地把他忘了呢？我知道，这些念头必定在他心间萦绕过。那一本本的剪贴簿又该怎么办？他花了那么多心思，一年年地把他和宝拉与女儿们的人生故事记录下来。“我做的这些相册会怎样？它们对我太重要了。我偶尔会想这个问题，”有次他在信中说，“但不会想太久，因为想不出解决办法。”

那些褪了色的照片记录着一幕幕的生活：长岛上那幢整洁的房舍，大女儿劳拉出生后，他和宝拉搬到了那里；爱德华和宝拉去伦敦旅行；劳拉和瓦莱丽从高中毕业；家人的婚礼。还有旧家里的客厅中，爱德华骄傲地站在一件他亲手做的家具旁，另一张照片上，他站在后院里一丛红色覆盆子旁边。

“咱们从来没种过覆盆子，爸爸。”有天晚餐时劳拉说。她已经搬回纽约，就住在爱德华的街对面。

为了证明她错了，爱德华取来剪贴簿，认真地在宝拉为他在后院拍的照片中一页页翻找。就在这儿：一张彩色快照中，年轻英俊的爱德华自豪地展示着他的覆盆子灌木丛。

他肯定也有不少想要记述下来的人生往事，但是，尽管他是那么擅于捕捉到他人生活中的精微细节，但他好像很难把自己的故事写出来。我们认识差不多两年后，有次爱德华写信给我，谈起在记录自己的人生时遇到的纠结。他特别提到，他很难把父亲的过世写出来，即便已经过去了半个多世纪，那段经历依然太过苦涩，无法下笔。在爱德华发给我的整洁文稿中，有写他的爱尔兰邻居梅根的，有写宝拉的，还有其他许多人的故事，但从没有写他父亲的。

“以前我试过，努力想把它写下来，但每次都失败。我还试过用第二人称写，写给自己，就好像我从没经历过那些事一样，可还是不行。那以后我就放弃了。”

但是，就在今晚，吃过羊排、玉米面包和马卡龙之后——那是丽塔从皇后区一家波兰甜品店里买来，下午带过来的——爱德华用手背把碗盘推到一边。他下定决心要把这个故事告诉我，不管会有多痛苦。

1955年夏天，爱德华的父亲躺在纳什维尔的家中，时日无多。莱斯利六十八岁了，抽了一辈子烟。他得癌症很久了。爱德华的母亲维罗妮卡靠卖束身衣来支付日益沉重的医药费用，白天她出去工作时，其余的家人就轮流照顾他。

“接待客人，卖东西，一天工作下来，她回到家，躺在他们的小双人床上，躺在他身边。”他说，“睡觉？休息？寻找安慰？在那些晚上，这些东西她基本都得不到吧。”

即便已经生了七个孩子，中年已过，但维罗妮卡就像吉布森女郎[1]一般光彩照人。在爱德华摆在客厅里的那张棕色调的肖像照上，她褐色的头发梳成维多利亚式的高髻，几缕卷发拂过光洁的脸颊，垂到颈窝上。七个孩子里，爱德华最小。其实，维罗妮卡并没

1 Gibson Girl，美国漫画家查理·吉希森创作出的女性形象，身材凹凸有致，美丽聪慧，充满活力，成为美国二十世纪初女郎们的理想模样。

花太多时间在孩子身上。她总是忙于那些快速致富的计划，因此养育孩子的责任就落在了她的妹妹，也就是爱德华的姨妈比阿特翠丝身上。姨妈终身未嫁，成了宠爱孩子们的保姆。她曾经救过爱德华的命：当他还是个蹒跚学步的小娃娃时，曾经误吞毒药，是姨妈给他灌下牛奶解了毒。提起比阿特翠丝时，他泪盈于睫，他说，直到她过世多年后，他才意识到姨妈在他人生中有多么重要。

虽然维罗妮卡对孩子们疏于照顾，但她却真挚地爱着莱斯利。丈夫不久于世的那段时间，她全心全意地照顾他，即便是不得不把他送进纳什维尔的新教医院之后也是如此。在那儿，他成了受慈善捐助的病人，住进了拥挤的病房。

“我经常跟他通电话，”爱德华告诉我，“我听出了他的困惑。他们不愿告诉他真相，不让他知道自己就快死了。”但爱德华把返家看望重病父亲的行程一推再推。然而，在确定的消息传来，知道莱斯利大限将至的时候，爱德华带上妻儿，开着二手的雪佛兰轿车上路了。他估计，如果车子不会在半道上抛锚的话，从长岛开到纳什维尔差不多需要三天。当时高速公路还没有修好，大约能开八到十五公里的平整路面，然后就又得回到旧路上开个八九十公里。他们取道天际线公路，沿着蓝脊岭的山顶走，这样女儿们就可以欣赏到惊心动魄的美景。

"我想让她们看看棉花糖一样的云朵。"爱德华说。

行程中有一段路，正是新婚燕尔的宝拉和爱德华前往加州时走过的。他们甚至住在了新婚之夜住过的同一个旅馆里。那时两人还依然梦想着能在好莱坞成就一番事业。而这一次，爱德华已经三十五岁，启程回南方探望快要去世的父亲时，他的演员梦早已消散多年。四十年代初，他和宝拉移居加州之后，爱德华距离好莱坞光环最近的机会，就是在洛杉矶的梅氏百货为几个当红电影明星填写杂货订购单。白天他做文员，接听奥逊·威尔斯、朱迪·嘉兰和凯瑟琳·赫本的管家们打来的订货电话，为他们备货；到了晚上，他就钻研自己出演的业余戏剧作品中的台词。

后来，他去夜校学了电焊，随后去了圣佩德罗船厂上夜班。

1941 年，他拿到了一个机会，在一部名为《美国样本》（*American Sampler*）的戏剧中扮演主角。有天晚上，哥伦比亚电影公司的一个星探看到了他的表演，安排他去参加试镜。可爱德华没这个运气。日本人突袭了珍珠港，把美国拽进了二战，他的试镜也因此取消了。

几周后，爱德华接到了入伍通知。他当时二十三岁，身高超过一米八，可体重还不到五十八公斤。在洛杉矶的一间征兵办公室里，他跟几十名应征者一起等待军队医生给他们做体检。排队排了几小时后，他突然栽倒在地。挤满人的房间十分气闷，等他明白过来的时候，他正躺在地板上，一个勤务兵正拿着嗅盐，想要让他清醒过来。原来爱德华晕倒了，体检也就没能通过。

在好莱坞旅居了四年后，爱德华和宝拉决定回纽约定居。他的经纪人建议，比起他在好莱坞尝试的这些低预算戏剧作品，回到百老汇被艺人经纪发掘的机会还更大些。“让他们在那儿发现你吧。”经纪人说。

然而回到纽约之后，表演机会没有了。宝拉早就放弃了表演，如今爱德华也把演员梦放到了一边——宝拉怀孕了。他们搬进了东村琼斯街一幢没有电梯的公寓，住在二楼。可是，由于婴儿即将降生，他们感到曼哈顿拥挤的生活变得不方便了。于是夫妇俩搬到了长岛郊区，等到七年后，次女瓦莱丽降生，爱德华就一边做裁缝，一边做电焊工。后来，他到一家汽车工厂去缝坐垫。

但宝拉和爱德华利用夜晚的时间写舞台剧。爱德华把五十年代百老汇最有名的一个制作人写给他的信拿给我看。这位制作人看中了爱德华和宝拉创作的一个剧本，可最后还是选择了另外一对无名作者的作品。“1955 年，我终于接受了事实，我俩写剧本的水平还不够高，”爱德华说，“所以就这样吧。女儿们一天天长大，我要养家，但我应该再多挣一点，让生活更舒服些。”

为了贴补家用，爱德华偶尔会坐火车到贝尔蒙特赌马。有时他能赢回好几千美元。但这种情况很少。

开车横穿国土、回纳什维尔完成那个阴郁任务的路上，一阵失败感笼罩了他。

“那会儿我很固执，而且我的不安全感已经超出了宝拉能够忍受的程度，”他向我坦承道，“但她没有催我，反而非常支持我，还特别欣赏我，尊敬我。她爱我，从没有人像她这么爱我。我何德何能，竟会如此幸运。可我当时却不知道，想来真是惭愧。”

离老家越来越近了，他告诉自己要振作，因为他知道，这将是最后一次见到父亲。可在病房里看到的情景是他无论如何没有预料到的。

“他躺在床上，看上去简直像大屠杀中的受难者。”爱德华回忆说。对当时的他来说，纳粹大屠杀的恐怖才刚刚发生在十年前。爱德华想为父亲拔掉管子，终结痛苦，也尽力说服母亲和兄姊。

“该死的医院！”他这样对家人说。人不应该以这种方式死去啊。“他身上插遍了管子和电线，青筋凸起，”爱德华回忆道，“他的胳膊和身体颤抖着，液体从头顶挂着的塑料袋里，通过导管一滴一滴输进静脉。还有更多管子接在他的膀胱和结肠里，把体液导出到床底下的浅盘中。我央求实习医生把管子拔掉，让他有尊严地走吧，可没人听。”

那天晚上，宝拉和孩子们在他原先的卧房里睡着了，可爱德华忧心地记挂着父亲的痛苦，睡不着觉。暴风雨就要来了，空气凝重，城市沉入黑暗和静默。爱德华站在儿时旧居的二楼，凝视着窗外，竭力寻找萤火虫那一明一灭的光亮。

随即，他听到一阵鸟声鸣啭，探头看时，发现一只孤独的反舌鸟正站在后院的一根杆子上扑扇翅膀。听得入神的爱德华感到有什么东西擦过了他的腿。

老鼠吗？

“我感到老鼠正在入侵我们的家，就像癌细胞入侵了父亲的血管。”爱德华说。次日，去医院之前，爱德华买来捕鼠器装在屋子里，地基旁的灌木丛里也装了，就在他父亲卧室的窗根底下。正站在客厅里的时候，他听见其中一个夹子啪地一响。与此同时，他模糊地听到门铃响起。他没理门铃，冲过去处理捕鼠夹子上的老鼠。可看见夹子的那一刻，爱德华缩了回去。

“我看见我捉到了一个灰色的东西，”忆及往事，爱德华眼中泛起泪花，“可那不是老鼠。”讲到此时，他已经泣不成声，努力想为我把故事说完。他还没能说出那个词的时候，我就已经知道他要说什么了。

“我杀死了那只反舌鸟。”他沙哑地低语。

他坐在老家花园的地上，捧着那只鸟儿。那是南方的象征，那是他的青年时代，他的纯真年代。医院来的信差不停地按着门铃，不用听消息了。他已经知道，父亲走了。

“我把那只鸟、捕鼠夹，还有所有的一切都埋在了后院里，”爱德华依然在哭，“那天是七月四号。”

葬礼在两天后举行。结束后的第二天，爱德华就带着家眷，开着雪佛兰返回纽约。行至天际线公路的时候，过于疲惫和烦乱的爱德华不小心把车子开出了路基。“我猛踩刹车，才没有翻到山下去。这只能说是奇迹，否则我们都完了。”

爱德华的故事讲完后，我俩沉默了很久很久——直到爱德华从桌边站起，去煮咖啡。他拿一个临时代用的土耳其咖啡壶，直接放在炉子上煮，然后把浓黑的汁液倒进两个意式浓缩咖啡杯中，又为每个杯里都加上几滴力加茴香酒。

我们静静地从小杯子里啜饮着咖啡，每抿完一口，细腻的咖啡粉就会随着杯中的旋涡，挂在白色的杯壁上。等到咖啡喝完，杯底汇聚了一小摊浓稠如泥浆般的沉渣。这些咖啡渣会揭示什么呢？我们从何处来，又会往哪里去，我们是如何相遇，最终在纽约城这张餐桌旁缄默对坐？

终于，爱德华转向我，微笑着。“今晚这结尾够厉害。”他说。

13

罗勒青酱意面

沙拉

什锦巧克力

马提尼，灰皮诺

我跟爱德华说，我受够男人了。

他正把盘子放进烤箱里预热，我站在他身边，心想不知今晚会有什么菜。爱德华什么也没说，连瞧都没瞧我一眼。对于我的宣告，他完全没有反应。相反，他打开冰箱的冷冻室，取出一个结了霜的马提尼酒杯，还有盛着他那富含魔力的冰凉酒液的百丽量杯，把酒倒进冰酒杯中，然后也给自己倒了一杯。

往常，只要告诉他我遇见了某个挺有意思的男人，爱德华都听得兴味盎然。

“带他过来。”爱德华说。那次我跟爱德华提到一个商界人士，他的中西部口音，还有那种刻意的诚挚劲儿，都让我想起《了不起的盖茨比》里的尼克·卡拉韦。

“我想让他知道，你不是孤零零的一个人，有人罩着你呢。”他说。

一想到爱德华成了我的保护人，我就有种深深的感动。可与此同时，他显然也认为我不大有能力照顾好自己，或是做出明智的决定——反正牵扯到男人的问题时是这样。虽然他声称他担心的不是我。“只是因为我了解男人，我知道他们是怎么想的，所以我才担心。”他说。

他为什么要担心？我从没想明白。是出于一种父亲式的担忧吗？担心我遇上的男人一个个都纯粹是为了占我便宜，然后再把我给甩了？我会不会怀了孕，然后被人抛弃，就像他的一个姐姐那样——在三十年代，她不幸地爱上了自己的大学教授，却沦为困窘的单身母亲。

宣布“受够男人了”的那个晚上，我有点失望，因为爱德华连头都没抬，依旧忙着他的晚餐收尾工作。现在我知道了，那是因为他已经习惯了我夸张的表达方式，可那种沉默仍然让人感到别扭。当我们坐下来，面对着热腾腾的青酱意面时，我松了一口气。

或许爱德华的担忧不无道理，因为当我搬离罗斯福岛，再度开始约会时，我样样都做得不对。比如说，我打定主意要找一个年轻版的爱德华。可是在我遇到的为数不多的那几位男士中，虽然偶尔能瞥见他的影子，可在我大脑沟回的某些阴暗之处，我肯定知道这不会有好结果，因为我树立的完全是不切实际的期望啊，但我还是这么做了。

有一位木匠，长着跟爱德华一样的温柔蓝眼睛。像爱德华一样，他家里所有的家具都是自己亲手做的；他会写诗，爱做饭。沿着结冰的路面陪我散步回家后，他亲吻了我的手。

还有位苏活区的大厨，留着一头桀骜不驯的白发，身穿皮夹克，骑着轻便摩托车，想要载着我一路飞驰到新泽西，去品尝蒸蛤蜊和整穗的烤玉米。

我觉得那位银行家是明智之选。我们不算正式约会。趁他在国际间飞来飞去出差的间隙，我们在中央车站的生蚝吧碰面。他激情昂扬地谈论着全球问题、政治腐败，最后以人口贩卖问题收了尾。那种知识分子气质，再加上心不在焉的劲儿，让他显得十分潇洒帅气。他还订阅《纽约书评》。

当我在上东区一家时髦餐厅无意中撞见他跟一个女人在一起时，我的幻想破灭了。后来我发现那是他老婆。当时我正站在意式咖啡吧台前，穿着一身无可救药的休闲衣服：破勃肯鞋配短裤。而他正往外走，亚麻西装，全罩式墨镜，手机紧贴在耳边，那模样跟我见过的那位风度翩翩的社会改良家一点都不一样。

“怎么了你？”我的朋友问。她是个时尚编辑，穿了一身黑。我们走路到麦迪逊大街的小食店来，是因为她要买鲔鱼三明治。“不舒服吗？你脸都白了。”

“别动，”我说，“他在这，跟一个女人在一起。”

时尚编辑顿时来了精神。

“在哪？”

我偷偷指了指，飞速转过身，面对着咖啡吧台。此时他刚好经过我背后，身边跟着一位轻盈苗条的金发女郎，她身穿白色紧身牛仔裤，戴着蛤蟆镜。我把两肘支在柜台上，一只手扶住前额，死盯着面前的意式咖啡机，所以看不见太多东西。

他没瞧见我。戴着那种全罩式的眼镜，还随身自带趾高气扬的光环——如同他身上那精心剪裁的昂贵西装般熨帖——他还能看见东西么？真奇怪，我之前从来没注意到。当我瞥见他带着长腿女人和那种装出来的高冷，费力地挤出拥挤的餐馆时，我突然觉得他俗气透顶。

时尚编辑伸长了脖子，想看得更清楚些。随即她建议我做出礼貌而得体的举动，也就是上前打个招呼。他就在门外路边呢。

“走嘛，我们来个突然袭击，”她十分雀跃，“他的反应会说明一切。”

我拽住她的胳膊。

“我从没见过你吓成这样，”时尚编辑说，“没事的，就去打声招呼嘛。”

“不行，不能出去，”我惊骇地低声说，“我们就站在这儿，喝杯浓缩咖啡。”

时尚编辑瞅了我一眼，半是怜悯，半是不解。我试图找个她最能理解的理由搪塞过去——我指指身上的短裤和黄色勃肯鞋。

“可你看着挺萌的啊。”她说。

“可我不要萌啊！”

要是你准备跟身边带着另一个女人的意中人对质，那你最好看上去艳光四射，性感无敌，好让他瞧瞧错过了什么。

“好吧，我理解了，但是冷静一点嘛。”时尚编辑依然在伸长了脖子往外瞧。银行家还站在餐馆门外，还在打电话。

咖啡师做了一杯风味绝佳的意式浓缩，装在粉白相间的瓷杯子里。我仰脖一饮而尽。五美元也值了。

我也不是没得到过预警。梅丽莎和我在编辑部里做过调查，发现他名下注册了一个女人的手机号码。在《邮报》里，只要有人——绝大多数都是二十多岁的女记者——对某个男人感兴趣，我们就会立马把他的姓名输入到所有我们能连上的公开记录数据库里。查查电子版的法庭记录或纽约Scroll数据库[1]，就能知道此人在纽约州内是否处于离婚阶段。去新闻全文数据库查查，就能知道他是否跟某人同住，有没有背负任何指控。纽约州财政部会告诉我们此人有没有税收方面的问题。我们还能查到他名下的房产或抵押贷款、武器证照，以及犯罪记录。

在我这个案例里，只需在谷歌图片里一查，就会跳出来几十张那位银行家和那位年轻苗条的金发女郎在一起的照片，都是“纽约社交日记”——报道有头有脸的人物们社交消息的网站——上登过的。我还替他开脱来着。或许他们已经分手了？要不然他干吗给我发短信，约见面？我觉得太丢脸了，没敢给爱德华讲这桩糗事。是的，爱德华有理由担心我。对于男人和爱情，我还抱有某种颇为天真傻气的观点。对那位银行家失望之后，带着受伤的虚荣，我决定最好死了

1　Supreme Court Records On-Line Library，纽约司法系统提供的免费公众信息查询服务。

这条心。

吃完沙拉，开始吃那盒邻居带给爱德华的昂贵巧克力时，我再次跟爱德华说，我受够了谈恋爱，我都人到中年了，不想再寻找梦想中的男人了。这回爱德华说话了。

“那找个女人如何？”爱德华抬眼瞧着我，目光里半是怀疑，半是怜悯。

14

蟹肉饼佐自制塔塔酱

番茄沙拉佐自制香蒜罗勒调味汁

李子挞

灰皮诺

爱德华倒下的那天晚上，我们没有吃甜品。

当然，甜品已经准备好了——在爱德华家吃饭必定会有甜品。今晚是李子挞，我已经瞧见它摆在厨房台面上，刚从烤箱里取出来，还冒着热气，金黄色的法式饼皮上，深色的糖浆正从李子里汩汩往外冒。我们刚吃完蟹肉饼和沙拉，正盼着下一道菜，爱德华开始讲解他是怎么做这个挞的。秘诀呢，他说，就是在进炉烘烤之前，要至少提前一小时把李子干放进伯爵红茶里泡软。

“这样才能做出那种又浓又甜的黑色糖浆，”他解释道，“只需要提前泡上一小时，然后——”

可话还没说完，他突然颤抖起来，话音也变得含混不清。他原本坐在直背椅子上，现在猛地向前倒去。我连忙冲过去扶他，可他强撑着让自己坐直了。他闭着眼睛，费力地稳住身体，缓慢地站起身来，拄上手杖——他总是把手杖放在旁边。他走进浴室，把我留在空荡荡的客厅里，满心担忧着他是否会好转。

我觉得他离开了好久好久。我叫他，问他有没有好些了，他说一会儿就过来。

我正往水槽里放洗洁精的时候，他一跛一跛地走进厨房，我完全没有料想到这幅情景：他拄着手杖，光脚站在那里，身上穿着破旧的长睡衣，手肘上青筋凸起，皮肤薄得几近透明，还星星点点地点缀着老人斑。

我的爱德华去哪儿了？那个骄傲、快活、衣着光鲜得体的爱德华，为我的生日做杏仁蛋糕的爱德华，那个带我去萨克斯百货的爱德华？面前这个老人脆弱无依地站在那里，厨房的日光灯无情地映照出他的年纪。这真的是爱德华吗？一阵尴尬瞬间将我淹没，我想把眼光转开去，我绝不应该看见他这个样子。

“别告诉瓦莱丽，”那声音听上去像绝望的低语，

“也别告诉劳拉。”

唯有这一次，我背叛了他。我心中确实闪过一个念头：要是他知道我把他快要昏倒的事情告诉了女儿们，他大概再也不会理我了。那天晚上，往缆车站走的路上我给劳拉打了电话，她连忙从对街的家里冲过去看望父亲。随后我又打给了瓦莱丽。

那以后的几个月，我只跟爱德华简短地说过话，甚至在几周后他真的昏倒后也是如此。他在浴室的瓷砖地上跌倒了，伤重得一连几周都不能起床。他得了褥疮，开始跟女儿们吵架怄气。

不，他不愿去医院。不，他不愿去看医生。爱德华知道自己的毛病在哪儿，他声称知道怎么治好自己，他比医生还清楚。显然他害怕了。他的心神是不是回到了1955年的那个夏天？当时他父亲躺在纳什维尔的医院病房里，奄奄一息，“蜷成胎儿的样子，膝盖抵着胸口，瘦得只剩下皮包骨头”。

“该死的医院。”当年父亲入院时他这样说过。

或者，他记起了宝拉生病时的事？有一天，宝拉搭罗斯福岛的缆车去曼哈顿，回来的时候显得比往常更加疲累。那是她最后一次独自进城了。“她跟我说，她不再是当年那个年轻姑娘了。”爱德华说。他沉吟不语，回想着那一天——那一天是结束的开始。“在我看来，她始终都是原来的模样，”他说，好像是在努力说服自己，“她没有变。”

但看过医生后，两人得到了严峻的答复。宝拉的腿需要截肢。医生说的那番话十分有道理，听上去甚至还有几分励志味道。“如今的假肢技术可厉害了。她能重新学会走路的。她还能再活四到五年呢。”他热心地说。

“绝对不行。”当爱德华跟医生两人独处时，他说。

要是不截肢，医生警告他，肢体就会产生坏疽，“她就只能去临终关怀医院了，在那里他们会给她打吗啡，让她睡得迷迷糊糊，直到大限来临，不管这个时期有多长。或许几周。这种结果可不好啊”。

但爱德华不为所动。他知道宝拉大限将至，就像那个“相约撒马拉”的故事里讲到的。那是他父亲最喜欢的神话，出自毛姆改写过的《天方夜谭》故事。他经常讲这个故事给我听：一个巴格达仆人去市场为富商主人买东西，结果在市场里撞见了死神。他吓坏了，于是借了主人的马，飞奔到撒马拉城避难。晚些时分，商人到市场去当面质问死神。“你今早看见我的仆人时，为何要吓唬他？”他问。

死神感到好笑。“我没吓唬他呀，”死神说，“我反倒吓了一跳。看见他在巴格达，我都震惊了，因为我本该今晚在撒马拉见到他的。”

数年前，爱德华曾把这个“无法避开死神”的故事讲给另一个医生听。当时他跟癌症擦身而过。“手术过后，医生建议我做治疗，可我不愿意。化疗不是维生素，也不是橙汁，而是毒药。”他把这段经历写成了小说，篇名叫“天意”。

爱德华把这个阿拉伯故事讲给主治的肿瘤专家听，他问：“如果把我跟故事里企图躲避死神的奴隶相比，化疗对我来说，不就相当于飞奔到撒马拉去赴死吗？”肿瘤专家说他不知道。就在那时爱德华决定不再治疗。十年之后，癌症并没有复发。

但是，那则阿拉伯神话故事貌似对绝大多数医学专家都不起作用。“她是个很有活力的女人，”在上西区的办公室里，宝拉的医生坚持说道，“你们为什么不愿承认她还有好几年的寿命？你们好好谈谈吧。她可能会给你个惊喜的。把你们的决定告诉我。”

然而，宝拉同意爱德华的想法。那是八月里一个寂静的下午——在那个时候的曼哈顿，只有捏着地图、汗流浃背的游客才会在街上走。在回家的出租车里，爱德华没对妻子说什么。他紧握住妻子虚弱的手，出租车在炙热的街道上朝着皇后区大桥疾驰。后来，在绝望中，他提议两人一起自杀算了；宝拉握紧他的手，说他这是在说傻话，她不会答应的。

爱德华把宝拉带回了家，两个月后，她在家中逝去，那里有他们的剪贴簿，她亲手钩出的地毯，他用从上班的地方捡回的废木头做的餐桌，橡木咖啡桌，他用小木条拼成的直背椅子，她用旧衬衫、破床单和格子工作服上裁下的布头做成的枕头——这一切都是他俩六十九年相濡以沫的明证。

如今，跌倒受伤之后，爱德华告诉女儿们，如果这次真到了赴死神之约的时候，他已经拿定了主意，要跟这些心爱的物件待在一起。若是住在一个毫无个性的病房里，他怎么可能好起来呢？他需要留在这个能眺望窗外的地方——白天，他能看着拖船渡过东河；夜幕降临之际，能望见上东区的百万豪宅中闪烁的灯火。他们刚搬进这套公寓时，宝拉说什么来着？“他们为了河景房花了好几百万，看见的其实是我们。我们只花了他们的一丁点儿零头，却能看见价值几百万的曼哈顿景色！你说值不值？”

虽然此前他从没明说过，但他心意已决：他要像宝拉一样死在家里，任何特殊护理都不要。于是，女儿们每次好意相劝他都不听。

该死的医院。

我母亲在昏迷中躺在多伦多的病房里时，父亲也说过类似的话。母亲有糖尿病，那之前她已经中风过一次了。就像爱德华和宝拉一样，我的双亲结婚也已很久，差不多有六十年。但和爱德华和宝拉不同的是，他们的感情极少外露。他们很少亲吻，几乎从来不互赠礼物。两人从没说过至死不渝这样的话，从不曾精心地把卡片或信件收集在剪贴簿里。我在孩童时期，以及后来刚长大成人的时候，都曾经抱怨过他们一点不恩爱。难道我从没跟前后两任丈夫说过我有多么爱他们吗?

如今我才意识到我是多么幼稚。我渐渐理解了他们有多么相爱：母亲去世前一年，我父亲，一个七十九岁的坏脾气老头，成了她最尽心尽责的护士。他每天为她打五次胰岛素，帮她刺破手指取一滴血样，抹在血糖仪的塑料测试片上，测量血糖。他一丝不苟地记录数据的每一次起伏，不管变化有多微小。他自己设计了一张图表，用工整的字迹把数据记在上面。我父亲是个木匠兼工头，勉勉强强才混到高中毕业，五十年代早期，他带着比工具包大不了多少的行李移民到了加拿大。可他拿给医生看的图表做得如此精细，以至于他们不敢相信它不是出自专业医师之手。

母亲去世时，父亲哭了。我之所以知道，是有人看到告诉我的。护理人员把她的遗体带走后，在她的病房里他偷偷地哭了。我从没见过父亲哭。葬礼过后，他每天都去母亲的墓前探望。那个气势恢宏、如公园般美丽的墓园，也是加拿大政要和行业领袖们长眠的地方。母亲的墓就在梅西家族的墓地对面——那是加拿大最有财有势的家族之一；沿着道路往上走，是威廉·莱昂·麦肯齐·金的墓，他是加拿大在位时间最长的总理。

很久以前，父亲就萌生了这个野心勃勃的愿望：他们应当合葬在这个风景优美的墓园中。这两个来自葡萄牙的移民感到，虽然他们不曾投过票，也没什么名望，但他们为这块新国土做出了自己的重要贡献。用父亲的话说，他们的伟大就在于他们热爱这个国家，并且辛勤地工作，爱两个孩子和四个孙辈。母亲的姓名和生卒年月被镌刻在黑色花岗岩墓碑上，父亲的名字和出生日期就刻在她那行字底下，出生日期后跟着一个破折号，留出的那片空白犹如一个守候的哨兵，等待着我父亲“相约撒马拉”的那一天。

父亲天天去墓园，几乎从未失约。我们给他打电话时，他经常告诉哥哥和我，说他要去“公园”看我母亲了。每次我回加拿大的时候，我们就会一起去扫墓。他叫得出每一个墓园管理员的名字，也认识那位来看望丈夫的孤身女子，她先生的墓就在我母亲墓地的后一排。他带着外卖咖啡和报纸过来，夏天的下午，他就把车停在墓碑旁边，在车里打盹。春天时他为她拔去墓边的野草，冬天时扫掉墓碑旁的积雪。

有天清晨，我陪他去墓园，看见他拿了一把生花生放在母亲的墓碑上。他看见了我疑惑的眼神，举起食指放在唇边。

“嘘。”他指指墓碑。

起初我没明白，但随即我看见了。先是一只凤头红雀，又来了一只蓝松鸦，然后是几只麻雀，它们在四散开的花生上空扑打着翅膀，最后终于落在黑色的墓碑上，仿佛来跟母亲做伴。后来，我拾了几颗墓旁树上掉落的松果，装在行李箱里带回了纽约，把它们放在了卧室的篮筐里。

爱德华生病的那漫长的几个月里，我俩交流的次数并不多。有次我打电话给他，把我父亲的故事讲给他听。他很高兴，可没有精力多说什么。我非常想帮助他，可我能做的太少了。有天晚上，我忘记了他教我的一道菜，于是又给他打电话。

“给我讲讲你那道柑曼怡舒芙蕾是怎么做的来着？”我希望聊聊食物可能会有疗愈效果。我开始更勤地打给他。他睡觉时，我就在答录机上留言——都是只有他才能解答的美食问题。

“爱德华，我忘了你教给我的炸薯片窍门了。能给我回个电话吗？”

“唐人街上你去买鸭子的那家餐馆叫什么来着？”

我愿意相信，这些与美食有关的问题应该能让他振作一点吧。

“谢谢你今天打来电话问候我，”他感觉好些之后，给我写信，“虽然恢复情况并不尽如人意，可到了我这把年纪，病来如山倒，病去如抽丝啊。但是听到你说想做舒芙蕾的那股兴奋劲儿，我暂时忘记了病痛。”

恢复到可以重新下厨之后，爱德华开始邀请我去吃晚饭。可那些夜晚失去了往日的魔力。他不再跟着比莉·哈乐黛或艾拉·菲茨杰拉德哼唱。实际上，公寓里不再有乐声飘扬。他还没恢复到可以走过罗斯福岛大桥、到阿斯托里亚相熟的肉铺和鱼店去采买食材的程度，所以我们就吃点简单好做的东西。他极少去曼哈顿了。晚餐经常没有甜品，就算有，也是劳拉从上东区的知名面包店埃里克·凯泽买来的那些华而不实的东西。

他曾想着张罗大家聚一聚，庆祝他的九十三岁生日。我们在曼哈顿他最喜欢的餐厅巴尔塔扎订了一桌大餐，可最后他说没力气离开罗斯福岛了。于是我们就留在家里，吃了一顿简单的晚餐——茄汁意面和李子杯子蛋糕。

“爱德华今年九十三岁？我以为他已经九十三了。”生日晚餐前一周我问劳拉。

“他跟每个人都说自己九十三了。等到他真过了生日，他就会告诉每个人他九十四了。”劳拉说。

有天遇上了东北风暴，天气着实恶劣，爱德华打电话给我取消晚餐的计划。尽管从我在中城的办公室坐地铁到他家只要几站路，但他担心风雨太大，我过来不方便。但那天下午晚些时候，风雨势头比预报的减弱了，他打来说我可以去。下班时分，我又在办公室里接到了第三通电话。这次晚餐真的取消了。

爱德华不住地道歉。“我再也没法掌控自己的生活了。”在电话中他向我倾诉，恐惧感倾泻而出，我极少见到他这个样子。“我觉得自己很衰弱。现在我特别容易害怕。我正在失控。我能意识到，我正在失去对生活的掌控。”

接到第三通电话后，我打定主意，无论如何我要去看看他，我要亲眼看看他的状态到底怎么样。“不用做晚饭，”我说，“我们喝点东西就行了。”

到了他家，我发现劳拉正在厨房里忙活。爱德华准备了比目鱼，烤箱里还有撒了赤砂糖的橡子南瓜。一切仿佛已经回归正常，可是爱德华裹着一件磨旧的白色毛巾长袍出现在卧室门外，他说虽然还不到六点，可他想去睡了。劳拉和我尽管玩吧，他说。

我和劳拉都没心情吃饭。我俩在客厅里坐了很久，喝着威士忌。劳拉的先生刚过世不久。他生病后，两人从希腊搬回纽约，劳拉一直照顾他。刚成为新寡的劳拉经常到父亲家来吃饭，最近这几个月一直是她在照顾爱德华，承受他的脾气和挫折感。开口说话时她哭了。

“我只是不想把后半辈子都用来照顾病人，”她的泪水滚滚而下，“除非真遇上这种情况，不然你不会了解那种感觉。”

劳拉的先生只比爱德华年轻几岁，是她当年在比雷埃夫斯求学时的老师，那时她正是个有抱负的年轻艺术家。爱德华家里的墙上挂满了劳拉的作品——用有色粉笔描绘出的蓝与黄，教人想起那个希腊港口城市午后柔和摇曳的阳光，那儿是她和丈夫生活了数年的地方。

那天晚上，我情绪低落地回了家，我担心爱德华，也担心劳拉。我想念只属于我和爱德华两人的晚餐。

最后，爱德华终于好起来了，行为举止更像是……嗯……爱德华。有天晚上他邀请我过去吃饭。劳拉也在。我走的时候，爱德华送我到电梯口。他霸气地伸出手杖拦住电梯门，直到他把话说完。

“我想念我们从前的晚餐——只有你和我。”他仿佛读出了我的心思。

当晚我带着释然的心情离开了爱德华的家，可与此同时，我也觉得好像失去了什么。爱德华一定注意到事情有点不对劲，因为次日一早，我还没醒呢，答录机就收到了他的留言：“我打来只是想告诉你，昨晚你能来我多么高兴，你的到来让一切都变得很特别，”他说，“很抱歉那不是我们两个人的晚餐，但希望以后我们能有机会。”

然后，好像是为了说服他自己，他补充道：“一定会的，只有我们俩。晚安，孩子。”

15

日晒番茄干与山羊奶酪

奶油花椰菜汤，佐松露油与泡发干牛肝菌

烤牛肋排，佐新土豆与四季豆

柑曼怡舒芙蕾配鲜奶油

土耳其咖啡

赤霞珠[1]

1 Cabernet Sauvignon，有时译作苏维翁或解百纳，原产自法国波尔多，是传统的酿制红葡萄酒的优良品种，口味醇厚，适合搭配滋味浓郁的料理。

这是一顿庆祝康复的大餐，标志着爱德华的正式回归，所以他这次要走华丽路线。爱德华搭巴士到皇后区的肉铺，取回上一周预订好的顶级肋排，专心致志地准备这顿晚宴。宾客们有邻居，有朋友，都是一路看顾他熬过这漫长病期的人。他要邀请那位上了年纪的捷克艺术家和他的漂亮太太；那对避过了黑山迫害的阿尔巴尼亚难民夫妇；还有牙医和夫人。劳拉也会在，而且像往常一样，爱德华叫我给他当二厨。

我渴盼着再度见到爱德华游刃有余的模样，但在这个大日子到来的几天前，我在家里挪家具，推了一个沉重的书架，结果背上有点痛，但我没在意。可到了第二天，我差点起不来床了。那疼痛是如此尖锐，就连穿个袜子都变成了长达二十分钟的磨难。到了诊所，我都没法在候诊室里坐下，只能僵直地站在前台，护士来接我进去的时候，我都快站不直了。

每当我打喷嚏或咳嗽的时候，疼痛就尤为剧烈，笑的时候也痛到不行，所以我只能用各种别扭的姿势卧床休息。我连吞了好几天止痛片，还在背部红肿的地方贴上黏糊糊的止痛膏，可情况只有一丁点儿好转。我打电话给爱德华，告诉他这个糟糕的消息：我没法参加庆祝他康复的盛大晚宴了。

“你来不了太遗憾了，亲爱的。”他说。

我问他打算做点什么菜。

烤肋排搭配蒸四季豆和原汁土豆，这是丰盛的主菜。餐前还有马提尼和日晒番茄干加山羊奶酪做成的开味小吃，餐后甜点是加了橙皮、浇上鲜奶油、美味至极的柑曼怡舒芙蕾。但让爱德华尤其兴奋的，是他打算做的那道汤。

“我盼着让你尝尝我做的花椰菜汤呢。”在电话里他对我说。

花椰菜汤？

“是啊，还会加上松露油和泡发的干牛肝菌。”

加了松露油的花椰菜汤，这听上去太诱人了，我请爱德华马上把做法教给我。

“嗯，你先把洋葱炒软，然后加入上好的鸡高汤，再把小块的花椰菜放进去，”他解释道，“煮一会儿，把汤汁收浓些，然后把手持搅拌器伸进锅里，搅打成浓汤。松露油和泡发的干牛肝菌最后加，当成装饰。”

不知道为什么，我觉得非得做这道汤不可。把爱德华教的做法写下来之后，我极为费力地穿上衣服，吞下几粒止痛片，出门到最近的法韦超市去买食材。在白松露油和黑松露油之间我纠结了好半天。我对松露油一无所知，所以最后还是选了黑的——等我到家打给爱德华后，才发现我选错了。

“你想什么呢，孩子？”听闻我在食材选择上犯下的这个天大错误，他难以置信，又觉得好笑。他推荐白松露油，因为白的比黑的味道更浓郁，蒜味也没那么重。爱德华和我无意中闯入了一个雷区——对于“该不该用松露油”这个问题，几位世界级的名厨争执不休。绝大多数松露油其实只是化学合成物而已，是用橄榄油和“调味剂”调配出来的。爱德华去看了他那瓶上的标签，上面注明它确实是用松露浸泡而来的。他那瓶是真东西。我瞥了一眼我那瓶的标签。确实是假货。看到“橄榄油、调味剂”这行字的时候，我真是气不打一处来。好吧，我这瓶不光是颜色错了，连真货都算不上。

我的背太痛了，没法回到超市重新采买，可我依然打定主意要做这个汤。整个晚上我都在切洋葱和花菜，慢慢地熬煮浓汤。像爱德华一样，如今我得用手抓着厨房台面边缘才能走动。我小心地站在脚凳上，把够不着的食材和厨具取出来。我用料理机把煮好的花菜和洋葱打成细滑的浓汤。我把干牛肝菌用水泡开，切碎，再用橄榄油轻炒。

我把汤盛出来，撒上蘑菇碎，再淋上我的假黑松露油，端了好几碗给女儿和她的朋友吃。我站在厨房案台旁喝汤。或许是止痛药终于起了作用，反正喝汤的时候我完全感觉不到痛了。这道饱含着蘑菇香气和松露油那醇厚的泥土芬芳的汤，让我感觉一下子好多了。

“那种精神头儿能帮你解决好多麻烦。”有次我跟丽塔探讨爱德华的几道特别菜品时，她说。对丽塔来说，帮助她熬过人生艰难时期的是爱德华的舒芙蕾。对我来说，则是花椰菜汤。我愿意相信，爱德华有种魔力，能帮我们所有人重拾活力，恢复心情。

说实话，虽然喝汤让我暂时感觉好多了，但我并没有彻底痊愈。又过了一两周我才恢复健康，在这段时间里我清楚地意识到，遇上难事的时候我没有一个人能依靠。显然，我没法打电话给丈夫来帮我挪家具或挂画。当然这些都不算什么大事啦，可搬到中央公园南边后不久，我发现自己连螺丝刀都不会用。一个女性朋友愿意把电钻借给我，可我迟疑了，因为我压根不知道怎么用这东西，而且我不想伤到自己。

但更糟糕的是，在我康复的这段时间里，真的没有一个人能帮到我。谁来帮我往后腰上贴止痛膏？宝拉和爱德华能相互照顾，我父亲能帮母亲测血糖、监督她打胰岛素，可有谁能这样照顾我呢？我几乎都坐不下去，更别提洗衣服或泡茶了。我该怎么上下楼梯？如果我没法工作了，谁来养活我？

“想都不用想，我也知道，好多以前我能做的事，现在都做不了了。”爱德华生病期间曾写信给我，“这令我感到毫无招架之力，非常脆弱。”

我同样也感到自己毫无招架之力，在最难熬的那段时间，他的话浮上我心头。我想到爱德华不得不面对独自老去的痛楚。但这就是人生的一部分啊，而他喜欢称之为“正常的人生”。

“人们太执迷于寻求人生体验，好像不生活在剃刀边缘就像没活过似的，”有次爱德华这样对我说，“这是因为他们无法面对正常的人生，非得爬个珠穆朗玛峰才算数。”

我曾经就是爱德华所说的这种人。我曾经就生活在剃刀边缘。我曾经自告奋勇地前往极端之地，去非洲报道战况，到南美报道毒贩。我曾经认为，这种经历比日常的琐碎有价值得多。我一向以为，天堂是别处的某个地方。但爱德华的认识更为透彻。他明白，天堂不是某个地方，而是你生命中的人。有多少次他不断地对我重复：“天堂就是我和宝拉。”

当我终于好起来之后，我打电话给爱德华，告诉他那道汤的神奇疗效。他一点儿都不惊讶。他说他的晚宴十分顺利，还有，他想念我。他还告诉我，我们之间有种特别的牵系，因为我们相遇于彼此都脆弱的时候。宝拉去世后，他这辈子第一次突然感到自己老了。

“你来跟我吃晚餐时，我们都急切地倾诉着自己遇到的麻烦和难题。”后来他在给我的信中这样写道。

那天晚上，我坐下来，开始给爱德华写信。我告诉他，我从不曾像现在这般脆弱无助，而且我突然之间感到自己已届中年、孤苦无依。我告诉他，他拯救了我的人生，而且他会永伴我左右。

回应来得很快。爱德华读完信后就给我打了电话。

“是你拯救了自己的人生，”他说，“你的思考正逢其时，不久你就会看到我说的是对的。你在接受的同时也在付出啊。”此时他的声音哽咽了，他说他得挂电话了，“你触动了一个老人的心。”

16

鸡肝酱，配薄脆饼干

法式比目鱼佐蒸菠菜

烤白薯

巧克力蛋糕

雷司令[1]

1 Riesling，盛产于德国的白葡萄品种。

爱德华和宝拉的结婚纪念日在十一月初，爱德华邀请我去吃庆祝晚餐。

这天只有我们两人，而且我们重拾了被遗忘了许久的程序。我给爱德华带了一瓶葡萄牙产的桃红葡萄酒，这款酒原本更适合夏天喝，而不是初冬。但我知道爱德华非常喜欢它，于是当我在店里看到的时候就忍不住买下了。他立即在瓶身上写上我的名字，然后打开门厅的衣柜——那是他的临时酒窖——把酒放到冬衣后面。

在厨房里，他递给我一碟亲手做的鸡肝酱。柔滑的鸡肝酱美味至极，透着一丝干邑白兰地和鲜奶油的香气。我把鸡肝酱抹在脆饼干上，在一旁瞧着爱德华准备晚餐。他一跛一跛地走到冰箱前，取出两片比目鱼排。他已经事先把鱼排沾上了面粉，现在要放进蛋液中浸一下，然后裹上面包屑。

鱼排在锅里滋滋作响，煎了差不多三分钟。虽然煎得热闹，锅里却完全没有起油烟，因为爱德华做煎炸类菜品时用的都是澄清黄油，他的冰箱里总是存着一小罐。他跟我解释说，做法是先把黄油融化，然后放凉，待到表面开始凝结的时候，就把这层稀薄的乳清撇掉。导致黄油起烟和烧焦的正是这种东西。爱德华把煎好的鱼排放入大浅盘里，又拿一张厨房纸把热烘烘的平底锅擦干净。

“往锅里倒一点蔬菜清汤、鸡汤或牛肉清汤也都可以，开中火。”我问他酱汁怎么做的时候，他写信给我，“然后加入味美思、切碎的新鲜百里香，再用一个细滤网把酱汁过滤，接着再倒回小平底锅中，再加入些高汤，最后挤一点柠檬汁就完成了。”

现在，他命我退后，从烤箱中取出温热的盘子，盛上蒸熟的菠菜，再把冒着热气、浇过柠檬酱汁的比目鱼排放到菜上。

坐下吃饭时，我想把最近这些天发生的事全部讲给他听，可有种感觉拦住了我。他会不会觉得我傻？不够成熟？

“你第一次告诉宝拉你爱她是在什么时候？”我问他。

爱德华带着揶揄的神情瞧着我，但他很清楚，不可以用反问来回答我的提问。关于他这个习惯，我已经取笑他很多次了。

“我们在一起的第一天，”他说，“在那第一个晚上，我告诉她我爱她。”他微笑着深深地看了我一眼。“该知道的时候，你自会知道。”他端起酒杯，把余酒一饮而尽。

有什么想告诉我的吗？爱德华的表情好像在问。可是我该如何把前几周发生的这一连串事情跟他说清楚？毕竟我自己都还没有搞清楚呢。

该知道的时候，你自会知道。

第一次见到他的时候，我就知道了。在曼哈顿中城他那间装备齐全的办公室里，我为了一篇报道去采访他。他热情地谈着他的工作，而我能做的所有事就是盯着他的双手。那双手十分粗糙，还长了茧子，跟眼前这位身穿灰西装、一头椒盐色短发、在装饰着木质镶板的办公室内坐得笔直的律师一点儿都不搭啊。

他是个什么样的人？我心想。

可四周没有能透露他个性的线索。他桌上没有镶了镜框的家人照片，手上也没戴婚戒。唯有桌下那一摞《美食与美酒》（*Food and Wine*）杂志，以及书架上的一排伏特加瓶子略微透露出他的性格。

他会做饭！我心想。

第一次约会的时候，我俩手拉手，差不多走过了半个曼哈顿。在我公寓外，告别的亲吻实在太过热烈，以至于门房一连揶揄了我好几个礼拜。我独自走进大堂，脸红得厉害。

他第一次到我家来的时候，给我带了十四袋香草，全部分门别类，亲手清洗干净，又仔细切好。这些香草出自他家的花园——不久前他在长岛东头的一条运河旁刚买下一座牧场风格的平房。最近他刚完成翻修，自豪地把照片拿给我看。我给他做了爱德华的鲜虾玉米浓汤。那些香草让我立即想起爱德华。而且，像爱德华一样，我也把它们放进了冷冻室。

但真正让我们走到一起的，是飓风桑迪。飓风过后的那一两天，我感到自己好像重返了战场。桑迪把纽约城折腾得一片狼藉，一连好些天，曼哈顿南三十街一直是灾区，不通地铁，也没有电。而长岛百分之九十的面积都笼罩在黑暗之中。

暴风雨刚袭来的那几个小时，我居住的曼哈顿一角经历了一场惊心动魄的紧急状况。虽然这次俄罗斯茶室门外没堆沙袋，但灾害的后果可以说是同样怪异。桑迪袭来的那天夜里，我冲出去做紧急报道：就在我家旁边，在西 57 街一幢尚未竣工的摩天大楼上，一台起重机斜斜地悬吊在了第七十层。从我家楼里的一扇窗里，我已经看到这台起重机被强风刮到折断，我屏住呼吸，想象着它摔下来砸到街上的情景。靠近看时，我才发现这摇摇欲坠的起重机上好似有一根钢绳把它跟这座未完工的高楼连在一起——那幢楼上的一套顶层公寓刚以一点一五亿美金的价格卖给了一位俄罗斯亿万富翁。

我亮出记者证，想要偷偷越过纽约消防部门拉起的黄色警戒线，但我没能得逞。在两个街区外，纽约运动员俱乐部那黑洞洞的门口，两名警察拦住了我。我身旁是一群正在气头上的纽约客，他们都带着打理得漂漂亮亮的狗和过夜的装备，坐在俱乐部里头。这些人都被有关部门从自家的时髦公寓里轰出来了，因为他们住的那幢楼刚好就在起重机下面。在这些来自上流社会的难民中，不少人已经到二楼的酒吧喝酒去了。而那些在大堂里晃悠的都是没法上楼的——俱乐部有严格的规定，禁止宠物入内。一位身穿花呢外套和雨衣的年长男士疲乏地在我身旁坐下，说他被人从家里赶了出来，如今已经无家可归。不过这只是暂时性的——几分钟后，他太太挂断了哈佛俱乐部的电话，他们是那里的会员。她在俱乐部里找了一个房间，一晚四百美元。

吃巧克力蛋糕时我把这个故事讲给爱德华听，他大笑。但我还没能找到机会给他讲几天后发生的事：我在东四十街和第三大道的路口等汉普顿小型巴士公司的车——这趟小巴会定点停靠长岛南北沿线上的小村镇。我要到长岛的海边，那个暴风雨肆虐的地带去。那里成百上千的住家已被摧毁，上万户断了电，在小巴士经过的长岛高速沿线，每一个加油站前都排着长长的队。我随身带了生活必需品——橡胶靴、食物、红酒。上车后，当我发现忘了带手电和瑞士军刀时，不禁暗地里骂了自己一顿。

我只知道，风雨最猛的时候那位律师先生拒绝疏散。迟些时候，他带我去看他独自一人坐等风暴过去的地方。他坐在摇椅里，面对着客厅的窗户；他还测量屋里的积水——洪水涌入这所他刚搬进几个月的房子，足足有一米深。直到今天，每当我想起他，就常常会想起这些画面——一个现代的牛仔，捍卫着自己的家园。

到长岛的那天晚上，我俩沿着幽暗的街道骑着自行车，暴风雨肆虐的残迹随处可见：被刮断的树木堵住的街道，掉落在地上的电线，偶尔还能看到受惊的鹿。海边那些阔气的夏季度假屋都大门紧闭，空荡中带着几分诡异，而天空染上了一条条深灰与墨黑的暗影。

搬到纽约的时候，我曾梦想过长岛东部的模样，那些地方我只在照片里见过，我想象自己踏上那几片一直延伸进大西洋的狭长土地。萨加波纳克、辛奈考克、夸格、蒙托克，这些地名古朴而纯粹，就像菲茨杰拉德笔下描写的，“新世界里一片清新翠绿的土地”。在《了不起的盖茨比》结尾，菲茨杰拉德这样描写十七世纪的荷兰水手初登长岛时看到的景象：“在那个心醉神迷的瞬间，人在面对这片大陆时必定屏息凝神，不由自主地陷入他既不理解也不曾渴求过的美学沉思之中，在历史上最后一次面对着与他感受奇迹的能力相称的奇境。”

我们手牵手在荒凉的海滩上漫步时，风已经静下来了。我感受到了菲茨杰拉德所说的“心醉神迷的瞬间”，面对这片土地和这个出色的男人，我也屏住了呼吸。

“在这世上的某个地方，一定会有人因为能够结识你而感到幸运。如果他还有机会去爱你，那么他幸运尤甚。”这话出自爱德华早期写给我的信。这封信太过重要，以至于就算要走过罗斯福岛上那结了冰的、滑溜溜的人行道，他也要走到我家楼下，亲手把它交给门房。如今，伴随着从心底涌流而出的情感，他的话又出现在我脑海中。但我觉得，我才是幸运的那一个。

那天晚上，风雨过后，在幽暗的海滩上他握住我的手，对我低语：“谢谢你搭救了我。”我止不住唇边的微笑，因为说实话，被搭救的其实是我啊。

17

煎牛排

炸土豆丸子

黄油炒甜豌豆

甜点拼盘

柠檬金酒马提尼

梅洛[1]

1　Merlot，也常译作美乐、梅乐、梅鹿辄，世界上广泛种植的红葡萄品种。

我还没进爱德华的家门，就知道他准是在煎牛排。大门微微开着，我进屋时一阵冷风扑面而来，撩起我的头发。他把绝大多数窗户都打开通风了。

这次我回罗斯福岛是为了出采访任务。我已经花了一天时间监视一位政府官员，她的办公室就在主街上，离爱德华家只有一个街区。我们接到线报，说这位官员挪用公车上下班，在她韦斯切斯特的家和罗斯福岛之间通勤，州政府的雇员还在上班时间为她遛狗。这算不上水门事件，但这种浪费公款的事儿正是《邮报》乐于曝光的题材。到现在，我已经是个中老手了。

我搬离这个岛已是一两年前的事，我极少在白天回来，所以没机会看到岛上的变化。岛屿的南端已经被圈成了工地，几座医院旧楼已经拆掉，为康奈尔大学的新校区腾出地方。爱德华家那幢楼已经升值成了贵价公寓。大楼的董事会决定把它私有化之后，已经有人开始以市价出售房子了。听闻他这套单卧室公寓如今能卖到将近一百万美元，爱德华惊呆了。这倒不是说他准备把它卖掉。我知道他心意已决，要在这所公寓里终老。

主街上开了新商铺，包括一家卖酒的店，一家美甲沙龙，还有一个有机食材店。我进了美甲店，花很贵的价钱做了美甲，这样我就能坐在店里的窗户边，清清楚楚地看见我要监视的那间政府办公室。

等着指甲油晾干的工夫，我小口喝着剩下的冷咖啡，看着街上渐次展开的生活图景：等校车的孩子们挤在人行道边，穿着高档慢跑服装的居民们朝着东河河畔的人行步道走去。这幅生活景象是如此惬意美好，以至于迟些过来跟我会合的摄影师都被深深打动了："哇哦，没想到这边竟然这么舒服。"

我什么都没说。那些分居的记忆还在，幽闭在八角大楼旧家里的感觉还在，这个岛屿依然是我的伤心地。每次我到爱德华家吃饭时，旧家所在的那幢大楼都笼罩在夜幕里。

今天他在等我吃一顿超级早的晚饭，我敲响他家门的时候，他已经开始做饭了。脱掉外套时我打了个冷战。爱德华煎牛排或羊排时爱用铸铁锅，而且他说一定要把锅预热到滚烫。纽约的公寓基本上都只安装了最基础的通风设备，油烟会把火警探测器惹响。冷冽的风从敞开的窗户吹进屋里，我巴望他快点煎好牛排，这样我们就可以把寒风关在外头了。

但爱德华不慌不忙。他已经把这块侧腹牛排放在巴萨米克醋里腌泡过，煎烤之前把它从冰箱里取出，"让它休息一下。"现在他正在厨房里做马提尼。他已经把两只杯子放进冷冻室了，这会儿正在削柠檬皮。他把柠檬皮放入预先冰过的金酒中浸渍，大约十分钟后滤掉柠檬皮，再兑入十味美思。他把混合好的酒液放入冷冻室冰几分钟，最后分倒进冰好的酒杯中，动作中带着几分炫耀。爱德华品尝自己的作品之前，我们先举杯敬宝拉。

“这是我这辈子做过的最好喝的马提尼。”爱德华说，那股得意劲儿是我从未见过的。

“真的？”

可爱德华已经转过身去，开始忙活牛排和炒甜豌豆。他把土豆丸子送进烤箱，然后在预热过的白色餐盘中摆盘。

我又抿了一口马提尼，随即向爱德华道歉——宝拉忌日那天我没有给他打电话。我答应他我会打的，可转身就给忘了，就算是我到他家借书时也没想起来。但真相其实更糟：我根本忘记了忌日这回事。

当然，爱德华绝不会忘记十月十九号这个重要的日子。他绝不会忘记宝拉去世前为他哼唱的那首有魔力的曲子，不会忘记他许下的承诺——她走之后，他会努力活下去。“我可爱的情人呀，甜蜜的、滑稽的小情人，你让我发自内心地微笑……你是我最心爱的艺术品。”

“她感到虚弱，想要睡一会儿。她说她会多唱几首的，但要先‘打个小盹儿’，然后就永远地闭上了双眼。”爱德华在他为宝拉制作的奶油色折页纪念卡上写道。我第一次见到爱德华的时候，他就给了我一张纪念卡，装在蜡纸信封里。不知为何，我一直到一年多以后才打开。搬到中央公园南边之后，我发现这张“纪念宝拉”的卡片依然放在蜡纸信封里，原封未动，夹在爱德华写给我的信件中间。

我取出那雅致的卡片，它像手风琴一样能拉展开来。里面有两幅宝拉的肖像：一幅是常看到的那张，微微扬起的下巴，垂摇的金耳坠，自信的微笑；另一张则更为柔和，是更为娴静的宝拉。余下的部分是爱德华写的诗和散文，记述着宝拉的病况，以及她在世间的最后一天。最后一页是他想象中宝拉与死神的对话。宝拉告诉死神，她不能死，除非她知道爱德华会继续活下去。

“我坐在那儿哭泣，我知道她心里只牵挂着一件事——她得让我改变心意。她拒绝死亡，直到做完了她能做的一切。”爱德华写道。当然，他改变了想法，一直遵守着对宝拉的承诺。

爱德华跟我说过很多次，他是个无神论者（我怀疑宝拉也是），但每逢宝拉忌日那天，他都坚持按照犹太习俗为宝拉守夜。他强撑着不睡，到了午夜时分——当十月十八日变成十九日那一刻——爱德华点亮一支纪念蜡烛，让它持续点燃整整二十四小时。

“我希望他别让蜡烛一直点着。”宝拉忌日那天，我去爱德华家里借书时，劳拉说。

我看看蜡烛，又困惑地看看劳拉。

“我母亲的忌日。”她简短地说。我能听出她声音中的恐惧和沮丧——她上了年纪的父亲打盹去了，把点着的蜡烛留在没人看管的屋子里。她一定是刚到没多久。

屋里有点凌乱。爱德华从客厅墙上取下了几幅画，四四方方的褪色痕迹印在墙面上。厨房台面上铺着旧报纸，几只锅子随意地搁在上面。爱德华一定是在保养锅子，活儿还没做完。有几个锅身上还残留着清洁剂的粉末。他会定期清洁厨具，总是把铜锅的锅底都擦得晶亮。

我走到客厅的书架前，找到了要借的书：《命运之力：一段历经战争与和平的婚姻》，这本回忆录记述了一桩非凡的婚姻。我把这本书当作生日礼物送给了爱德华，结果他对它大加赞赏，惹得我都想借回来看看。《纽约客》撰稿人亚历山大·斯蒂尔写的这本书详细记录了他双亲四十年跌宕起伏的婚姻生活。他的父母都是纽约人，父亲是个俄裔犹太记者，移居纽约前一直在意大利流亡生活。1948 年，在一个为杜鲁门·卡波特举办的派对上，他遇见了那个后来成为他妻子的美国女郎。当我读到这本书的简介，并翻了翻某些章节后，我不由自主地想到了爱德华和宝拉，以及他俩那极为特别的关系。

斯蒂尔非常客观地看到了双亲的短处，如实记录下父母在他童年时爆发的激烈争吵，但他也赞赏父母之间那紧密而持久的情感纽带，并将之放置在战争和流亡的时代背景下。正如斯蒂尔所说的那样：“我们的人生是有意义的——它超越于我们的个人品质之上——因为我们是时代的一部分，同时也在表达着时代。”爱德华对此深感认同，几天之内就把这本书读完了。他打电话告诉我他有多么喜欢这本书，还打算多买几本送给朋友。

我跟劳拉说，我是不是该给爱德华留张字条，说我把书借走了。但我最想让他知道的，其实是我在宝拉的忌日时来过了——尽管我纯粹是碰巧，要是不来借书的话，我就把这日子完全忘了。但劳拉说她一定会告诉爱德华我来过，于是我没留纸条就走了。

一年前，临近宝拉忌日的时候，爱德华有天打电话到办公室找我，要跟我说一件非同寻常的事。前一天晚上，午夜刚过，他醒来想去洗手间，却发现客厅的灯亮着。他迷糊了一下。是瓦莱丽吗？她有时候会留下来看书到很晚。可瓦莱丽没来呀。是劳拉吗？可劳拉为何深更半夜地跑到这儿来？要么就是他无意中忘了关灯？

不是，他说，那是宝拉呀。用他的话说，宝拉来“看望”他了，而这件事他想让我知道。“我觉得你听了会很高兴。”他在电话那头说。

他是对的，当然。而且我很高兴他把这事告诉了我。“听到这个我开心极了！”我说，“谢谢你，爱德华。”

当我发现我居然忘记了这么重要的日子的时候，我郁闷透顶。毕竟，爱德华记得我人生中每一个重要的日子：我的生日，我女儿的生日。他甚至记得2010年他说我“重生”了的那一天。那个日子倒是很好记，因为就是情人节，不过那天发生的事情却完全是浪漫爱情的对立面：就在二月十四日那一天，我走进曼哈顿中城一间律师事务所，签下了厚厚一沓离婚申请书。

在情人节那天签离婚申请，大概有些潜意识的报应意味，但我现在后悔选那个日子了。我不确定哪种情况更糟糕：是漠视这个日子的重要性呢，还是压根就没有一颗浪漫的心。我怀疑，在爱德华这样的人看来，后者更加不可饶恕。或许就是因为这个，他才牢牢记住了那个日子吧。

有一段时间，我总是惦记着爱德华，以至于我能毫不费力地记住一切：他的生日、他的结婚纪念日、他女儿们的生日，甚至他孙辈的生日。我第一次见到安德鲁是在多伦多，那时他还是个三岁的小娃娃，跟着妈妈瓦莱丽去上班。他们会到街对面买面包圈，然后保姆把他接回家或送到幼儿园。虽然安德鲁现在都快三十岁了，但他人生中每一个重大事件我都知道，全是从爱德华和瓦莱丽那儿听说的。

但现在的事实是，我的心思全放在甜蜜的感情上了。我的外套口袋里塞着海滩边的青草，那是我俩在汉普顿大风猎猎的海滩边漫步时摘来的。我很少跟朋友们待在一起，跟爱德华聊得也少了，而且一般就只是打打电话而已。每个周五，只要一赶完稿子，我就奔向长岛的那个海滨小村，那儿有我刚刚寻获的幸福。

自从我跟爱德华的第一次晚餐之约开始，我的生活彻底改变了。如今，我每个周末都搭乘长岛铁路的火车，在漫长的旅程中看看书，或用笔记本电脑工作；火车穿过皇后区的沙砾地带，钻进松林，经过蒙托克那一段时，车窗外闪过滨海小镇那如画般的美景。到了长岛之后，我们开着敞篷车出门，即便是在冬天也要把车篷放下，握着冰冷的方向盘，我的手冻得生疼，红通通的，可那种兴奋的自由感觉却让人欣喜若狂。

到了夏天，我在花园里种香草、土豆、洋葱、大蒜，还有少量蔬菜。我自己做芝士、冰激凌，还从果实累累的老树上摘下鲜红的小海棠果，做成果酱装在小罐子里。这棵老树俯瞰着运河，身后就是那幢平房——我与我爱的人共度周末的地方。我们在亚马逊网站上一集接一集地看茱莉娅·查尔德的厨艺节目《法国大厨》。在我们共度的第一个新年夜，我们做了茱莉娅教的菜：清淡细致的鱼肉慕斯。我们把黑线鳕的鱼肉、奶油、黄油和欧芹放进前一天刚买来的红色凯膳怡牌厨师机中搅打成鱼浆。开吃这道轻盈绵软的慕斯之前，我们举起香槟祝酒，痛快地吃掉了一托盘的牡蛎。第一勺慕斯刚入口，我们不约而同地抬起头来，相视一笑——这确实是我们吃过的最美味的东西。

“当面包撕开，红酒入喉，得到滋养的不只是我们的身体而已。”M. F. K. 费雪这样写道。在这寂静的海滨冬夜，柴火在炉中噼啪作响，我们品味着的不只是鱼肉慕斯和牡蛎，还有迷醉荡漾的心神，以及受到眷顾的感激和惊喜——我们两人有缘相遇，还能在一起分享这精致的美食。

爱德华和我吃完饭的时候，秋风正在十四楼的窗外呼啸——我们终于把窗户关上了。如果说这顿饭美味至极，那我肯定没说实话。牛排煎得略有些过头，甜豌豆由于在锅里放得太久，有些熟烂。但土豆是个例外，外皮焦脆，内瓤细滑。爱德华走到冰箱前，取出一盒甜品摆进盘子——半个巧克力闪电泡芙，还有一个粉白相间的圆柱状甜点，看上去像芝士蛋糕，上面装饰着切得十分艺术的草莓片。我抬眼看看爱德华，他已经拿着那块吃剩一半的泡芙了。芝士蛋糕是我的，味道却令人失望。它在冰箱里放得太久，味道隐约让人想起拌了糖和奶油的乳清芝士。但不管怎样我就着杯中余下的梅洛红酒，把它吞下去了。我渴望吃到爱德华亲手做的甜点，同时心里还盘算着该不该提起爱德华几天前写给我的那封信。

信上标的时间是“星期五，凌晨 2:38”。几周前我给他写了一封诚挚的信，他终于给出了回应。爱德华在信中写道：“你说，我不知道在我们这段友情中你对我的感念有多深，这个想法让我很失落，还有点悲伤。”

他接下去写：“要搞清楚人们在建立和维持各种深浅不一的关系中付出了多少心力，是很不容易的。人在年轻的时候，精力充沛，所以我们认为这些付出都是理所当然，从没细想过人生中的这个事实。但让我告诉你吧，到了我这个年纪，人就会意识到很多此前从没想到过的事。”

他这是想说什么？

那天他告诉我，他此生的憾事之一就是他没能像我一样，趁着生命中重要的人还在世时，直接向他们说出心中的情感。有许多人改变了爱德华的人生，对他产生了极大的影响，可他们绝大多数都已经过世，从不知道他有多么感激他们。这里头有他的埃莉诺姨妈，在他还是青少年时爱护他、管教他，还带领他走进一个高雅的美食世界；还有比阿特翠丝姨妈，在他误吞毒药时救了他的命，还把他和兄姊们一个个抚养长大；还有他母亲、父亲、高中时的戏剧老师，那位老师给了他那个装着十二美元的信封，帮助他去大城市追寻表演梦想；还有他在曼哈顿的医生，几十年来一直照顾他和宝拉。当然还有宝拉，她完全改变了他的人生。

“我敢肯定他们知道，”我说，“宝拉知道。”

但爱德华并不确信，送我到电梯口的时候，他似乎依然沉浸在沉思中。晚些时候，他打电话来感谢我带酒给他。那是一瓶葡萄牙产的桃红葡萄酒，最近我常给他带这个，他做了标记，放进了门厅的柜子里。我跟他说，下次有人来吃晚餐的时候就把酒开了吧，不用等着我。

“我不想再等任何人了。”他直率地说。

“什么意思？”我突然警觉起来。

他笑了：“只有上帝知道。”

18

最后的晚餐

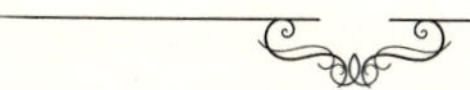

爱德华叫我发誓，绝对不把他的计划说出去——他戏谑地称之为“最后的晚餐”。

他想办一个盛大的晚餐派对。他会把餐桌的侧翼撑起来，把它变成一张大桌子，好让所有的客人都坐得下。宾客里会有认识多年的老朋友，也会有他从没邀请过的新朋友。

晚餐初始，客人们会坐在客厅里，他会给大家端上他做的柠檬金酒马提尼，还有美味的开放式三明治[1]——把法棍面包切成薄片，烘脆，抹上他亲手做的

1 artine，在单片面包上摆上各色肉类、水果、芝士等，常用作开胃菜。

干邑白兰地鸡肝酱。

然后，在餐厅的桌上，他会摆上小碗盛装的新英格兰蛤蜊浓汤，用浓奶油、土豆，还有从他的阿斯托里亚鱼贩那里买来的新鲜长岛蛤蜊。他要慢烤一整只猪肩，然后片得薄薄的，跟烤过的李子一起上桌。他还要烤南瓜，撒上一丁点儿赤砂糖，再放一块冷黄油。甜点呢，每人一份杏子舒芙蕾和土耳其咖啡。当晚要放爵士乐，或许是艾拉·菲茨杰拉德，或许是用活泼的德语演绎库尔特·魏尔作品的乌特·兰帕，没准还有塞隆尼斯·蒙克[1]。

可是，在爱德华畅想着如何准备这次晚宴的时候，我不禁担忧起来。告别的意味太浓了。过了九十四岁生日后没多久，他给朋友们写了封信，感谢大家给他的生日祝福。在信中，他谈起了自己的高龄。

“当人们知道我的年纪后，那种惊异的态度简直好笑。”他写道，“但是，要是上帝搞错了，能怪我

1　塞隆尼斯·蒙克（1917—1982），美国爵士钢琴家和作曲家。

吗？”他把自己的年轻活力归功于宝拉恒久的爱。“《年轻胜似春日》这首歌是宝拉的咒语，我离她那么近，不可能躲得开她的魔力啊。”

虽然我从没见过宝拉，但我也被他们两人充满魔力的爱情故事深深打动了。借用这首宝拉如此钟爱的、罗杰斯与汉默斯坦当年所写的歌词[1]，跟爱德华吃晚餐的这些年，我感到“我的心渐渐变得强大起来”，如今，几年过去，“我拥抱了整个世界”。我想都不敢想，有天这一切将会结束。但是当然了，它必会结束。

“人生不是静止不变的，”在信中他继续说，“虽然我的外表颇具欺骗性，但我确实已经非常老了。”

我不愿相信。而且我不想跟爱德华吃这最后一顿饭，这最后的晚餐。收到他的信后，我不愿意谈论它，也不愿意承诺任何具体的日期。后来我想出个主意：

1 罗杰斯与汉默斯坦是美国音乐剧的黄金组合，在上世纪四十年代到五十年代，他们创作出了一系列大受欢迎的百老汇音乐剧，例如《南太平洋》《国王与我》《音乐之声》。上文提到的歌曲《年轻胜似春日》（*Younger than springtime*）就是《南太平洋》中的一首。

我来掌勺做这顿饭，爱德华将是我的客人。这将是一顿完美的晚餐，我从他那儿学到了那么多东西，这顿晚餐是明证，也是答谢。我会邀请他认识的人，也会邀请他不认识的。

爱德华佯装不乐意，但是当我上门告诉他这个主意的时候，我能看得出，他的好奇心被勾起来了。

我事先没打招呼就去了。正逢鸡尾酒时间，爱德华忙着做饮料，又倒出一碗盐焗腰果。他把冰凉的柠檬味金酒和味美思倒进马提尼杯给我喝。然后他往平底玻璃杯里倒入加拿大威士忌，放了几块冰，这是他的。他摇着杯中那琥珀色的液体，冰块轻轻碰撞着。然后，他开口了。

他告诉我，他非常感恩，因为当他刚失去宝拉，正需要关注和爱的时候，我走进了他的生活。“那时劳拉还在希腊，瓦莱丽在多伦多，通过这一顿顿晚餐，我们越走越近。我们互相打气，寻找继续生活下去的勇气。在那段时间里，我们两个人都既有付出，又有得到，这对你我都至关重要。”他说。

爱德华给予我的滋养绝不仅是食物而已。没错，他做出过超凡美味的大餐，也做过简单清淡的菜式，每一顿我都依然记得清清楚楚，因为每次跟爱德华的晚餐都给我力量，用 M. F. K. 费雪的话说就是，帮助我“实实在在地对抗这世上的饥饿”。

他突然把威士忌杯放到桌上，抓住了我的胳膊，那双灰蓝色的眼睛里闪起泪光：“没人知道我们有多爱对方。”

“他们当然知道，爱德华。”强烈的情感涌上心头，瞬间将我淹没。

“不，”他坚持，“没人知道，因为我从没告诉过他们。”

我连忙喝了一小口马提尼，免得哭出来。

我觉得爱德华和我终获完满。我还记得自己在送给他的生日贺卡上写下的话。寄卡片时我稀里糊涂地写错了地址，可神奇的是，那张贺卡居然在他生日当天出现在他的信箱里。“祝愿你健康长寿，”我写道，“要知道啊，对我来说，你将永伴我左右。”

如今，泪珠滚落我的双颊。我一把抓过空马提尼杯子，走进厨房，免得爱德华看到。我找了几个盘子放进水槽，直到自己可以平静下来。然后我走回客厅，爱德华坐在那里继续拿着酒杯，凝望着窗外曼哈顿的灯火，用一张餐巾纸拭去泪水。

“所以说，你会来我家吃晚餐的哦，爱德华？”我已经尽了最大努力，但嗓音还是有点嘶哑。

他微笑了。我是不是捕捉到了那一丝难以觉察到的赞同？

“别把我调马提尼的秘诀泄露出去就行，宝贝。”他说。

绝不会！

我紧握住他的手，两人一起朝电梯走去。像往常一样，他伸出手杖挡住门。他好像要说点什么。或许他想告诉我在哪儿能买到最好的土耳其咖啡，哪儿能找到最新鲜的蛤蜊来做浓汤，要么就是叮嘱我别忘了把猪肉预先腌泡在苹果西打里面。两天，泡两天的效果最好，他总是这样说。或许，他还有最后一点点智慧要传授给我。

但我才不要听。下一顿晚餐之前，我还有一大堆事情要做呢。

“七点钟，”我说，“等着你哦。”